後宮の花シリーズⅥ

後宮の花は偽りを紡ぐ

天城智尋

双葉文庫

目次

人物紹介
紅玉［こうぎょく］
玉兎宮の女官。蓮珠の補佐役として翔央がつけた。
許妃［きょひ］
皇妃の一人。武門・許家の出身。元・蟠桃公主の近習。
陶蓮珠［とうれんじゅ］
身代わりの皇后。元行部官吏で玉兎宮の女官になった。

郭明賢［かくめいけん］
年離れた双子の末弟。
郭翔央［かくしょうおう］
身代わりの皇帝。本物の皇帝叡明の双子の弟。
張折［ちょうせつ］
行部長官。蓮珠の元上司にして、双子の元家庭教師。

その他の登場人物

【郭叡明《かくえいめい》】……本物の新皇帝。翔央の双子の兄。身代わり中に、片目を失う。

【威皇后《いこうごう》（冬来《とうらい》）】……本物の皇后。冬来として皇帝警護を担当する後宮警護官の顔を持つ。

【李洸《りこう》】……相国の丞相。双子の政を支える側近。政治のスペシャリスト。

【黎令《れいりょう》】……行部次官。蓮珠の元同僚。語りだすと止まらない。

【何禅《かぜん》】……行部の官吏。黎令の副官。

【范玉香《はんぎょくか》】……相国の官吏。姉は故范才人。自身も一時期皇妃だった。

【蒼妃《そうひ》】……双子の異母姉で、相国では蟠桃公主と呼ばれた。威国に嫁いだ。

【蒼太子《そうたいし》】……威国の十八太子の一人。七歳年上の蒼妃を妃に迎えた。

【春礼将軍《しゅんれいしょうぐん》】……相国四代将軍の一人。張折の友人。翔央の武術の師匠。

【郭広《かくこう》】……相国の官吏で礼部の次官。双子の叔父で、先帝の末弟。

【于昌《うしょう》】……礼部の長。郭広の上司。

【秋徳《しゅうとく》】……金烏宮の太監。元は翔央の部下で武官だった。

第一話

一蓮托生
〔いちれんたくしょう〕

■　一　■

誰のためでもなく、春は今年もやってきた。南海から白龍河《はくりゅうが》を上がってくる暖かな風は、街路樹の若葉をさわさわと揺らしながら、相国《そう》の都・栄秋《えいしゅう》のそこかしこに咲く花々の香りをも連れて、宮城を訪《おとな》う。春は深まり、万物清らかにして、天地に生命の息吹が感じられる時期を、暦の上では清明《せいめい》という。その清明節が近づくこの時期は、彩り乏しい官服をまとう者たちが行きかう宮城内にあっても、誰しも多少は足取りが軽くなるようだ。

「梨花は淡白にして柳は深青なり……ですねぇ。風が心地よいと思いませんか、黎令様《れいりょう》」

黎令は副官の何禅《かぜん》の声に顔を上げると、栄秋でただ一人、春風の心地よさなど欠片も感じていないように眉間に深くシワを刻み、厳しい表情で応じた。

「何禅、日の当たるところで、のほほんと目を閉じるなよ。僕らには寝落ちしてる暇なんてないんだからな」

春の陽気に誘われていいのは、暇人だけだ。黎令は自分の机の上に積みあがった決裁待ち書類を睨みつける。

「やだなぁ、黎令様ったら。そんな怖い顔しても書類は減ってくれませんよ。空気の入れ替えは、気分の入れ替えにも通じ、心身を健常に保つために不可欠です。これ、医者をしている兄の金言ですよ」

言われて黎令は筆を置いた。たしかに、臓腑と感情は深いところで結びついていると聞く。肺腑は肺であり、心の奥底を指す言葉だ。肺腑に溜まった鬱屈した思いを、新鮮な空気で吹き飛ばすのは悪くないかもしれない。黎令は軽く目を閉じ、どこからか香る花の甘い匂いごと春の大気を吸い込んだ。

「それに、これで少しは黎令様の重々しい語りも軽くなるんじゃないですか？」

「……一言多いんだよ」

一瞬だけ和らいだ眉間に、再び深いシワが刻まれる。自分の副官ではあるが、黎令は何禅に舐められているのでは、と感じるときがある。官吏としては若年の二十代前半にして上級官吏となった黎令は、副官を持つこと自体が今回初めてだった。おまけに中級官吏とはいえ、相手は自分より十歳も年上なのだから、常のようには強く出られない。

「無駄口叩いてないで、そこの書類を次の部署に回しておいてくれ」

「はいは～い。……おっ、絶好調ですね。午前の分は、ほぼ終わりじゃないですか？　これは、陶蓮《とうれん》様の二つ名を継ぐ日も遠からじというところですね」

本当に一言も二言も多い男だ。黎令は眉間のシワに加えて、片眉を上げた。

「この僕が誰の何を『継ぐ』って？　僕は行部《ぎょうぶ》次官だ。上にいるのは張《ちょう》長官だけで、官吏ですらなくなった人間から継ぐものなんてあるわけないだろう。さっさと次の部署！」

　黎令は何禅を机の前から追い払った。何禅の丸い身体が行部部屋の扉を出ていくまで睨んでいると、視界の端に主のいなくなった机が入る。そこは、つい二か月ほど前まで陶蓮《とうれん》珠《じゅ》、官名では陶蓮の机だった。

　彼女は黎令と同じ行部次官だったが、先日、皇后の侍女職に鞍《くら》替えした。春節前後に発生した山の民による西金《ざいきん》占拠事件で、北の威《い》国との同盟関係をこれまで以上に強化する方針が打ち出された結果、威国との外交窓口の担当者が必要となり、その結果として、官吏経験が長く相国の行政事情も解《わか》っているうえに、威国語が堪能な陶蓮珠を引っ張っていったのだ。所属は皇后の居所である玉兎《ぎょくと》宮付きとなっているが、実質は皇后と宮妃両方の外交窓口担当だと聞いている。皇后と宮妃は国賓接待の場で最前線に立つことになっているからだ。

　とはいえ、皇后はそもそも威国から嫁いできたわけだから、威国語が堪能な窓口を必要とするのは宮妃だけとなり、現在その宮妃は飛燕宮《ひえんきゅう》妃しかいない。この一人のために、行部は希少な戦力を削がれたことになる。

　黎令はますます眉を寄せた。他国との外交窓口担当はたしかに重責だ。行事の部署間調整を行なうのが職掌の行部の次官よりも周囲の重圧は強いだろうし、多方面から威国への要求をぶつけられることもあるだろう。だからこそ、聡明なる主上は彼女を官吏のままにせず、後宮側に引き抜き、直接ほかの官吏から何か言われることがないようにしたのだ。男子禁制の後宮に置いておけば、よほどのことがないかぎり外朝の官吏たちは話すことはおろか、近づくことさえできないから。

黎令も、そのあたりのことはよくわかっているつもりだが、納得はできていない。職業に貴賤なしとはいえ、官吏とは相国民約五百万人の内、難関の科挙を突破したわずか五千人にしか与えられない職だ。さらに政に直接かかわる紫衣をまとえる者ともなれば、五百人だけである。陶蓮珠は、官吏になって十年の時をかけて、ようやくその五百人の一人にまでなった。女性官吏としては異例であり、同性の同僚が辞めていくなか、仕事を続け、冷遇されながらも多くの部署を渡り歩いた分、各部署の事情や部署内でしか知られていない決まりごとにも精通していた。部署間調整を職掌とする行部にとって、とても得難い人材だった。なのに、後宮に閉じ込めてしまうなんて。

皇帝の命令だ。逆らえるわけもない。色々あって、派閥に入る機会も逸してしまったから、彼女には決定を覆せる後ろ盾もいなかった。彼女が受け入れざるを得なかったことは、黎令もよくわかっている。

それでも、黎令も含めた行部の面々は、蓮珠が残りたいと望むなら、一緒に抗議の声を上げてもいいと思っていた。だが、同時に彼女を知る行部の人間だから、わかってもいた。

彼女は、決して自分一人の願いに誰かを巻き込もうとはしないと。

いまだ片付けられない机として残っているのは、彼女が周囲に伝えないまま胸の底にしまい込んだだろう言葉を聞きたかったという、行部に残された自分たち同僚の未練だ。

「陶蓮の二つ名なんて継ぐものか……」

継いでしまったら、もう彼女はあの机に戻ってこないのだと認めることになってしまうから。

そんな感傷的になっているときにかぎって、暢気な輩が現れる。パタパタと駆けてくる足音を聞いたところで、黎令は頭を一振りして、行部部屋の扉のほうを見た。

「黎令様～！　行部に用があってお客人を連れてきましたよ～！」

黎令の予想通り、何禅が戻ってきたが、その背後には大きな黒い影を伴っていた。

その影は何禅の後ろについて黎令の机の前まで来ると、山積みの書類の上に大きな布袋をドカッと置いた。布袋から徐々に視線を上げると、細面が多い官吏には珍しく、ゴッツした顔立ちの紫衣の官吏が黎令を見下ろしている。

「おい、小僧。工部《こうぶ》の長、葉権《ようけん》だ。ここの責任者出せや」

自身が温和な顔立ちとは言い難いという自覚がある黎令でも、ここまで強面の官吏が居るのか疑問を感じる程の迫力ある面構えだ。官吏に化けた武侠《ぶきょう》が、役所に殴り込みに来たと言われたほうが納得できる。

ここは、責任者不在のため後日いらしてくださいと言って、早急にお帰りいただこう。

黎令が瞬時に決めて、行部の面々に目配せしたところで、間延びした声が割って入る。

「行部長官の張折様は出張中のため、こちらの黎令様が行部長官代理ですよぉ」

これは副官に売られたと思って間違いないだろうか。黎令は、言おうとした言葉を飲み込んだまま、葉権を見上げていた。

「……小僧。行部は工部を舐めてんのか？　あ？」

低く太い声が黎令の頭の上から降ってくる。

「な、なんのことでしょうか？」

黎令は慌てて顔を下げた。工部は、新設弱小部署の行部とは違い、歴史ある六部《りくぶ》のひとつで、国による土木と営繕を司る。その工部長官となると、同じ色の衣をまとっていても相手のほうが官位は上だった。部の長官は通常従二品だ。従三品と下位の黎令は顔を見上げること自体が許されない。もっとも、たとえ官位が同じであっても、これは顔を上げてなどいられないのだが。

黎令が下げた視線の先で、葉権は書類の上に置いた布袋を指さした。

「工部は職人頭に金を渡すんだよ。職人頭はてめぇのとこの職人たちに、それを分ける。なのに、配布予算が銀環《ぎんかん》だけたぁどーいうことだ?」

問われても答えようのない黎令の横から手が伸びてきた。何禅が袋の口を少し開けて中を確認すると、間延びした声で言った。

「たしかに……全部銀環ですね。銀環通しで一本だから銀十環ですかぁ」

相国では高大帝国時代の貨幣制度を引き継ぎ、金銀銅の三種類を貨幣として用いる。このうち、金は高額贈与や大規模の貿易などでだけ使われるため、砂金や金塊で代用することが多い。銀は中規模の商取引に使用され、国内はもちろん国外との取引にも使われている。貨幣の流通量が圧倒的に多いのは銅貨で、官の支払いも民の生活も銅貨で成り立っている。帝国末期の私鋳銭(時の政府以外によって鋳造された銭貨)乱発による経済混乱を繰り返さぬように、相国では私鋳銭を禁じ、官銭のみとし、鋳造権は国にしかない。

貨幣としての相国の金銀は、銅銭のような中央に四角い穴をあけた円形ではなく、鋳型で地金を固めた厚みのある環形状の塊になっていて、形状から金環、銀環と呼ばれていて、金一環で銀四環、銀一環は銅銭で一貫(千枚)となる。なお、銅銭一枚は一文という。環の形をしているのは、取引の際に目盛りのついた棒『環通し』に通すことで、取引する両者が数え間違いがないことを瞬時にわかるようにするためだ。

「だろう？　作業費の支払いをしようと金庫から袋を出してきたら、なんかちっとばっかし持った感じに違和感あったんで、ちらっと中を確認したら、銅銭じゃなくて銀環だったってわけよ。職人頭には拝み倒して、支払い待ってもらってんだ。急ぎ銀一環でいいから至白通宝《いはくつうほう》一貫と交換してくれ」

　こちらもこちらで、従二品とは思えぬ気安い話し方をする。そういえば、葉権という官名の者は、陶蓮珠に負けず劣らず時間をかけて下級官吏から上級官吏に昇った人物だったはずだ。たたき上げ故の距離感なのかもしれない。

「すみません、なぜ『至白通宝で』なんですか？」

　至白通宝は、今上帝の御代になって、新元号を冠して発行された銭貨であるが、現在有効な銭貨の一つであって、絶対にこれを使わなければならないというわけではない。足りなければ他の銭貨を使えばいいのに、なぜこれを指定するのだろうか。黎令がその疑問を口にすると、葉権が心底呆れたような顔をする。

「なんだぁ？　小僧、お前なんも知らねえのか」

　これでもかなりの知識量を持っていると言われているのだが……。黎令は再びいろんな言葉を飲み込んだ。少なくとも一つ知らないことがあるのは事実だ。

「まあ、小僧はいかにも坊ちゃん育ちっぽいから知らねえかもしんねえな。あのな、先帝時代には、銭通しにきっちり百枚通さなくても、百文扱いするやり方があったんだ。これを『通し百文』っていう。まだ、北との戦争に片足突っ込んでいたから、銭にする銅は少ないほうが良かったんでな」

銭通しとは、一文銭百枚をひとまとめにするための紐をいうのだが、先帝時代には、それに百枚通してないことがあったという話らしい。

黎令は代々官吏を出す家の出だったので、幼い頃から自分で買い物をすることはなく、使用人に任せていた。また、官吏になったのは先帝時代の終わる数年前のことで、戦争で銅を銅銭鋳造に回すこともままならなかったころというのを知らない。

国の中央を南北に貫く虎峯《こほう》山脈は、場所によって金銀、玉石に至るまで様々な鉱物が採掘される。中でも、相国鉱業の中心地である関秋《せきしゅう》では、良質な銅と銀が大量に採れる。だが、先帝の御代でも威国との戦争が激しかったころは、鉱山の鉱員に人を回すことができず、採掘量が十分でなかったことから、おおよそ百文でもいいとなったそうだ。しかし、威国との戦争が終わった今では、銅銭に回すに十分な銅の採掘量がある。

「今上帝になってからは、銭通しに結んだ百文は、きっちり百枚だ。もちろん古銭とはいえ、たかだか数年前まで鋳造していた開白通宝《かいはくつうほう》が使えないわけじゃない。だから、でかい金だけ動かす部署は開白通宝の通し百文でもたいした問題にはならねえさ。けど、うちは職人に分ける前提だ。だから、百文がきっちり百枚になってないと、職人頭を困らせることになる。それで、確実に百枚が一束になっている至白通宝で渡すのさ。そのほうが受け取ったほうも安心するだろ？　これからも続く官民の関係には、そういう心遣いが大事なんだよ」

銅銭は元号を冠して発行される決まりになっている。今上帝の元号「至白」を冠した銅銭である至白通宝が発行されたのは、約三年前のこと。だから、工部長官の言うとおり先帝時代の銅銭で同じくその元号「開白」を冠した開白通宝は、まだまだ市場で使われている。でも、職人頭としては最初から通し百文ではないとわかっている至白通宝のほうがいいだろうという話だ。

「お前ら年長者だろうが、これくらい小僧に教えておけや」

工部長官は黙って事の成り行きを見守っていたほかの行部の面々を一瞥すると、手元の袋から取り出した銀一環を至白通宝一貫に替えて帰っていった。

「嵐のようだった……」

黎令が呟くと、何禅が笑う。

「いい嵐でしたけどね」

これにはほかの部署員が応じる。

「ホントな。言ってることは正しいし、細やかな心遣いもできる。どこぞの長官に見習ってほしいぜ」

全員が行部の長である張折《ちょうせつ》の机を一瞥してから、無言のまま業務を再開した。

手元に残った銀環は、宴会の用意をする部署のようにまとめて大きな金を動かす必要があるところにでも回せばいいか。黎令はそんなことを考えながら、次の決裁書類に手を伸ばした。

「ん～、黎令様……ちょっと気になることがあるんですけど」

何禅は受け取った銀一環を両手で持ち、首を傾げている。

「なんだよ？」

「いや、経験に基づく感覚なので、確証はないんですが」

「前置きはいらないから、さっさと本題入れって」

黎令が促すと、何禅は手にした銀環を見下ろして言った。

「この銀一環……なんか軽い気がするんですよね」

黎令は副官の顔をじっと見た。言われた内容を頭の中で三回繰り返して、ようやく思い至り、思わず椅子から腰を浮かせた。

「マズいじゃないか！」

正規の重さに達していないということは、地金に混ぜ物をされた贋金《にせがね》かもしれないということだ。

■　二　■

行部には密談部屋がある。窓はなく、簡素な机と椅子が四脚あるのみだ。そのただでさえ狭苦しい部屋で、黎令、何禅を含め行部の面々が顔を突き合わせていた。

事が事だけに、全員参加だ。小部屋に男が六人。正直、息苦しい。黎令は眉間のシワがいつも以上に深くなっている気がした。

「現状、この銀一環が贋金の可能性がある、といった段階だ。まずは、その真偽を確定すべきだろう」

黎令の言葉に、彼以外の部署員五人が微妙な顔をする。彼らは顔を見合わせてから、代表として何禅に言うように促した。

「……あのですね、黎令様。贋金かどうかは重さを量るのが一番だと思うのですが、行部は部署間調整のための部署なので、備品に秤はありません。したがって、真贋の鑑定は外に依頼しないといけないわけです。ですが、それで贋金だとわかってしまった場合、役所内から贋金が出たという話になってしまいます」

ついでにいうと、基本的に多額の金銭を内部に用意しておく必要のある部署でもないので、たとえ秤があっても比べるための銀環がない。

「そもそも受け取った時点でおかしいって言ってくれよ」

「それもマズいです。工部長官は、この布袋を『行部が配った清明節向け予算』だから、ここに交換に来たわけですよね。あの時点でこの銀環は贋金かも……って話をすると、贋金入り布袋が行部から配布されたという話になってしまいます」

「何禅様の判断で間違いないと思う。贋金が出たとなると部署潰れるくらいじゃ話はすみませんよ、黎令様。何らかの形でかかわったとみなされて、ここにいる全員拷問行きじゃないですかね。まあ、なんとなくそうなると思うだけですけど……」

以前から黎令の下についている下級官吏の言葉で静かな小部屋がさらに静かになる。彼の「なんとなくそうなると思う……」発言は、本当にそうなる確率が高いからだ。

相国では、鋳造権は国にしかない。その分、相国の貨幣は一定の品質が保たれ、市場の信用が高い。貨幣の信用の高さは、貿易上非常に重要な要素だ。大陸有数の貿易都市となった栄秋で贋金が出たとなれば、貨幣の信用が失われ、貿易は大打撃を受ける。だからこそ、贋金は持っているだけで罪になる。

「工部ってのが、また厄介です。あの部署は、民から支払いを受け取ることは、ほぼありません。基本的に外に依頼を出して、掛かった費用を払うためのお金しか保有していないからです。ただし、国主導の大規模工事も多いから予算として銀環を配布されることは多い。だから、贋金は工部のだれかが故意に持ち込んだものではなく、あくまで配布されたものだって話に信憑性が生じる」

以前から黎令の下についている下級官吏が何禅の手から銀環を受け取ると、どこかに何か印はないかと顔を近づける。

「葉権殿は、これが贋金だと気づいていたと思うか？」

下級官吏の様子を眺めながら、黎令が問う。すると、空いた両手を胸の前に組んだ何禅が軽く唸った。

「ん～。葉権様のあの感じからいくと、これが贋金かどうかは知らないんじゃないですかね。葉権様は、持ってきたあの袋の中身が銀環だったから、『銅銭一貫と替えてくればいいや』ぐらいの考えで、こちらに来ただけっていう印象を受けましたが……」

朝議では背中しか見たことがない人物を、先ほどちょっと話しただけで雑な人間であるかのように評するのはどうかと思うが、たしかにあの葉権なら、そのくらいの気軽さで行部に来た気もする。

「そうすると、かなり雑な人物だな。誰だよ、細やかな心遣いができるとか言ったの」

「いや、そこはあの場の全員が納得してただろう。……うん。あれは、シロだな」

元蓮珠の下についていた二人がうなずき合うのを見て、そっちこそ雑にシロ・クロを決めているのでは……などと思う。

「はいはい。ここからは推測でなく確定事項を増やしていく話をしましょうねぇ。まずは贋金だと確認。次にこれが本当に行部配布の清明節予算の袋から出たものなのかを確認。そして、行部から出たものでも工部から出たものであっても、どこから持ち込まれたものなのか調査する……ですね」

何禅の言葉に、元は蓮珠の下にいた下級官吏が、その場にしゃがみこんだ。

「……なんて面倒な」

別の下級官吏は黎令の顔を正面に見てから、にこやかに言う。

「黎令様、そんな面倒なものは、元あった場所に返してきてください。工部が持ってきたんですから、工部でどうにかしてもらいましょう」

彼は基本的にやられたらやり返す思考傾向にあり、それ故に行部に流れ着いた人物だ。おそらく工部が彼の中で敵認識されたのだろう。

「無理言うなよ！」

「……だったら、なんだって、この忙しい時にこんな厄介ごとを引き当ててるんですか。長官代理のくせに」

「これ、僕が悪いって流れなの？」

言われ放題だが、どうにも分が悪い。行部は、そもそもほかの部署に馴染まなかったはぐれ官吏の集まりである。物事をはっきりいう輩が揃っており、黎令が長官に次ぐ高位にある次官だろうと平気で文句を言ってくる。まして、丞相の李洸に続く若き天才として官吏になった黎令は、この行部では最年少だ。

「そうですよねぇ。まだまだ清明節に向けて忙しいから、全員でこの問題に対応ってわけにはいきませんね」

黎令を除く五人が視線を交わす。黎令には決裁を回す大役がある。さて、誰がこれを担当するのか。黎令はそう思って、彼らの決定を待っていた。

「決まりだろう。……黎令様、この件は任せた」

五人のうち一人が密談部屋の扉を開くと、肩越しに黎令に言った。

「はあ？　僕なしで、決裁どうするんだよ？」

反論したところ、次に密談部屋を出ていく下級官吏が微笑む。

「ご安心を。決裁を通す前段階までは、我々全員一丸となって整えておきます。黎令様は、それが整うまでの間、こちらの件に集中してください。終わったら決裁だけ行なえばいいような状態にしておきますから」

なるほど、たしかにそのほうが効率いい。そう思うも、首が傾く。

「……僕だけ仕事増えていないか？　みんなは、いつもとやっていることが変わらないのに、僕は贋金対処も決裁回すのもやるってことだろ？」

密談部屋には、黎令の疑問に応じる者が、すでに何禅しかいなかった。

「まあまあ、妥当な役割分担ですよ。だって、決裁そのもの以外は、黎令様って暇じゃないですか」

「何禅、一言余分……」

黎令が顔を引きつらせるも、何禅は机の上に銀環を置き、その前に黎令を座らせた。

「黎令様は、一旦机に戻られて今ある分の決裁を片付けちゃってください。私は、ことの次第を張折様に報告する文を出してから、栄秋で医者をやっている兄の所に行って、秤を借りてきます。なに、数値にできれば、見えないものも見えてきますって」

何禅の緊張が薄れる丸顔には珍しく、力強く眉が上がる。たしかに両替商だけが秤を持っているわけではない。医者なら薬の調合用の秤は持っているだろう。

「……見えるといいな。とにかく僕は目の前の仕事をやっておく」

知識や記憶関連なら、自分のほうが何禅よりも上だという自信はある。だが、数が絡むものは何禅の独壇場だ。そこは認めざるを得ない。ただ、それを口にするのは、多少抵抗がある。算術は、官吏の必須教養である六芸の一つだ。上級官吏である黎令としては、算術で自分の副官に劣るというのは認めたくない……というちっぽけな。

黎令は最初自分のことは棚に上げて、はぐれものばかりの行部という部署に入れられたことを悔しく思っていた。自分の能力が不当に評価されていると感じたのだ。

しかし、常に自分の職掌に忠実に働く蓮珠や何禅たち行部の面々と仕事をするうちに、表面上しか見ていないような周囲の輩からの評価を気にすることが、いかにくだらないか理解するようになった。もちろん、本人たちには口がさけても言いたくないが。

「……そういえば、魯遷《ろせん》殿も工部だった。葉権様のこととか、金の管理状況とか、それとなく聞くのも悪くないか」

同じ派閥の先輩官吏の顔を思い浮かべてその名を呟く黎令を、密談部屋から出ようとしていた何禅が振り返る。

「くれぐれも大人しくしていてくださいね。黎令様は、人の話を聞くんじゃなく、人に話を聞かせるのが本領でしょう？」

留守番を言いつける親のような口調で言い置くと、何禅は密談部屋を出ていった。

これは評価されているということか、あるいは、やはり舐められているのだろうか。そこだけでも先ほど思い浮かべた先輩官吏に聞きたいと思うのだが、ダメだろうか。黎令は、自分の机に戻ると、積みあがった決裁書類を手にとり、猛然と内容に目を通しだした。

■　三　■

内容が内容だったからか、何禅から張折への文には、半日もせずに伝書鳥で返信が届いた。部署で何か問題が発生した時のために、張折は何禅に伝書鳥を託していたのだ。

「なんで、僕じゃないんだ？」

「問題のある文書が最初に届くのは、まずは私のところであるのが効率的なんです。だって、決裁文書は問題ないから黎令様に決裁していただくんじゃないですか。だから、まずは私が大きな問題がないか確認できるように、白翼《はくよく》君が託されたんです」

国色だから白が名前に入っているが、何禅が張折に託されたのは、茶色の翼に黒ブチが入った小型のハヤブサの一種である。

「とりあえず、張折様の言に従う旨は返信しておきますね」

何禅が文を結んだ白翼を放つ。

「まだ西金には着いていないんだよな？」

「今の文が届くころには、着いていらっしゃるかもしれませんね」

今回、張折は清明節に合わせて帰国する今上帝の姉である蟠桃《ばんとう》公主と彼女が嫁いだ威国の蒼太子《そうたいし》をお迎えするために西金まで出張している。相国側からは、出迎えの筆頭には蟠桃公主の弟宮である白鷺宮《はくろきゅう》が、次席に張折が出向いている。

蒼太子は、威国東部の蒼部族から威国首長の後宮に入った母妃を持つ。蒼部族は威国に降る以前の約八十年前から東方大国凌国《りょう》との貿易を行なってきた。貿易に特化した大型輸送船を数多く所有し、その造船技術の高さでも知られている。蟠桃公主が嫁いだこともあり、相国としては造船技術の提供をかねてより打診していた。何事もなければ、今回の訪問で正式な調印に至る予定だ。一行は白龍河上流にある西金から南海に注ぐ河口の港湾都市である西界《せいかい》まで相国の大型船で下り、現状の造船技術や港の様子を見ることになっている。

「蟠桃公主様としては、今回の訪問はどう思っていらっしゃるのだろう?」

黎令は白翼を見送り、空を見上げたまま傍らの副官に問う。

威国に嫁いでから一度も帰国していなかった蟠桃公主が、今年の清明節に限って帰国することになった背景には、元鶯鳴宮《おうめいきゅう》英芳《えいほう》の薨去が、遠く威国で蒼妃《そうひ》という立場になった蟠桃公主の耳に届いたということがあるらしい。

英芳は大逆により処断されたため、相国内でも薨去《こうきょ》を大々的に発表したわけではない。

なので、威国に嫁がれた蟠桃公主にも特別報せてはいなかった。それは、嫁いだ時点で威国の人になった以上、皇族の生死という内政に関わる問題を知られるのは良くないという外交的判断によるものだとされているが、実情を言えば死の理由が英芳の二度目の大逆であり、その処断が弟白鷺宮の手によって行なわれたからということが大きい。

清明節は高大帝国時代より前から、親族が集まり祖先の墓へお参りする慣習がある。皇族が栄秋郊外にある御陵に行くのもこの時期だ。そのため、蟠桃公主も清明節に合わせて英芳の新墓に参詣すべく、一時帰国することになったのだ。

「そうですね。……白鷺宮様がご無事であることを祈ります」

「どういう意味だ、そりゃ？」

黎令の疑問に、何禅は遠い目をする。

「そのままの意味ですよ。白鷺宮様が蟠桃公主様に怒られないといいなぁって」

「蟠桃公主様って、鶯鳴宮様と仲良かったのか？　お二人の母妃は、孟《もう》家と丁《てい》家だったよな？　今も昔も政治的には敵対関係にあるじゃないか」

「雲の上の方々の内情なんて、私なんぞにわかりませんて。……ただ、蟠桃公主様って、けっこう強烈な方だったので、どうなるかな、と思いまして」

何禅によると、彼がまだ官吏になったばかりの栄秋府の役人時代、宮城を抜け出しては馬で遠乗りに行く蟠桃公主の捜索を手伝わされたことが、何度もあるのだという。

「だいたい許家《きょ》のご息女……今では許妃《きょひ》様と呼ばれている方ですが……その方と連れ立って、皇城どころか宮城の外まで。これが馬車使わないんですよ。普通に馬に跨って、どこへ行くとも告げずに爆走していくんですよ。皇城司でもそうそう追いつけないくらいだったので、私なんぞは捜索のお役に立ったことなど一度もありませんね」

何禅は馬術が苦手だった。この巨躯では、そもそも練習のために乗る馬がいなかったのだという。たしかに、鍛えられた軍馬でも、何禅を乗せて走るのは大変だろう。

「けど、危なくないか。若い女性が二人で城外に、なんて……」

何禅が真面目くさった顔で何度も頷いて見せる。

「ええ、ええ。本当に危ないですよ、あの二人は手加減しないから。女二人と舐めて襲い掛かった連中なんて、だいたい返り討ちにあって、道端に転がることになりますから」

襲った側のほうが危ないのか。黎令は瞑目した。

「あのお二人は本当に強いですよ。いまからお会いする方とはまた違った意味で」

何禅が皇城への門を見やる。

「まあ、僕は蟠桃公主様とも許妃様とも面識がない。だから、いままでは後宮の女官になった誰かさんが、今まで会った中で一番強い女性だよ。……なあ、本当に会わないとだめなのか？」

黎令は無意識に官服の上から胃のあたりをさすっていた。

「いいじゃないですか、陶蓮様に会いましょうよ。せっかく張折様が手配してくださったのですから。それにこんな機会でもなければ、後宮なんて一生入れませんて。私、黎令様の副官になれて本当に幸せです」

相変わらずその巨躯に似合わぬ軽い足取りで、何禅が門へ向かっていく。

「僕の副官になった幸せを感じるのが、なんでそこなんだよ。……あと、もう官名で呼ぶな。これから会いに行く相手は、すでに官吏じゃないんだからな」

黎令が窘《たしな》めるが、そんなことで反省を示すような副官ではなかった。

「これは官名じゃありません。愛称というやつです。だから、これからも私は陶蓮様を陶蓮様とお呼びします」

得意げに言う副官を、黎令は軽く肘で小突く。

「馴れ馴れしいぞ。これから会うのは、ただの女官じゃない。皇后様付き……女官の中では上から数えたほうが早い、高位の宮付き女官なんだからな」

自分で言っていて、黎令は渋い顔になった。後宮で陶蓮珠と会うことは、彼女が官吏でなくなったことを確認させられに行くようなものだ。

「……だいたい後宮から出てこられない人間に会いに行ったくらいで、今回の件に関して得られる情報なんてあるのか？」

宮城と皇城を隔てる門の向こう側に行きたくない思いから、そう口にした黎令だったが、何禅に軽やかに否定される。

「張折様のご指示ですから、きっと大丈夫ですよ」

負けない戦いをする軍師だった張折の指示だ。黎令だってなにかしら勝算があっての指示だとはわかっているが、ここで素直にうなずくのも癪ではある。

「なんで、黙って私の顔を見ているんです？」

何禅が丸顔を傾ける。丸顔過ぎて、あまり見た目の形状が変わらない。

「張折様には、いつもの余分な一言を加えないんだな」

「えー、私は無駄なことなんて言いませんよ。時間がもったいないじゃないですか」

こんな不毛なやりとりこそ、時間がもったいない。黎令は諦めのため息をついてから、皇城の奥につながる門へと向かった。

■　四　■

後宮の女性は、たとえ下働きでも基本的には皇帝以外の男性との接触は禁じられている。

妃嬪のもとを男親や兄弟が訪れるにしても、後宮女性の長である皇后の許可を得なければならない。宮付き女官たちが後宮内で家族に会うことは許されておらず、家族に会えるのは里下がりをしたときのみで、その許可は宮の主から得る必要がある。

　では、妃嬪や女官が特別な事情により血縁者以外の男性と面会する必要が生じた場合は、どうするか。この場合、皇后と後宮管理側の長である高勢《こうせい》の両方の許可を得てから、妃嬪、女官を問わず、金烏宮《きんうきゅう》の一角に用意された特別な部屋でのみ衝立越しに話すことが許される。こうした決まりごとは、威皇后の立后前には、やや緩んでいた時期もあったらしいが、最近では皇后の敷いた秩序の下で後宮綱紀も正されたと聞いている。

「皇后様は行部に特別ご配慮くださるんだなぁ」

　黎令が感嘆を口にすると、部屋の中央に置かれた衝立の向こう側から声がした。

「そりゃ、行部のこととなれば、わたしだ……ゴホッ……し、失礼しました。その、皇后様も行部のことはお気にされていらっしゃいます。……それで、張折様からの面会許可申請にあった『行部の危機』とは何事ですか？」

　久しぶりに聞く元同僚、陶蓮珠の声は緊張していた。張折らしい面接許可申請といえる。形として残る文書に、贋金という言葉を書くわけにいかないから、『行部の危機』とだけ書いたのだろう。

部屋の中には、黎令側の扉前に何禅、衝立の向こう側にも扉があるようなので、その前には陶蓮珠の付き添いがいるはずだ。でも、これ以上の誰にも聞かれない状況は得られないだろう。黎令は、わずかばかり息を吐いてから、行部に葉権が訪ねてきたあたりからの出来事を話した。記憶力には自信がある。この三日間の苦労を事細かに語ろうとしたが、途中で衝立倒れるんじゃないかと思う盛大なため息に止められた。

「……なにが行部の危機ですか。実質、黎令殿が呼び込んだ厄介事じゃないですか。物の交換をしたなら、その旨文書に残し、相手からも署名をいただいておかないから、面倒なものを抱えてあたふたするんですよ……」

「そういう話は今はいいから。……張折様の指示通り、出てきた偽銀環を持ってきた」

衝立の上から銀環を入れた袋を渡そうとすると、鋭い声がした。

「紅玉《こうぎょく》、お願いいたします」

高位の女官ともなると、同じ女官に受け取らせるものらしい。黎令は向こう側から現れた女官に持参した偽銀環を渡した。

「黎令様、椅子を立ってはいけませんよ」

紅玉と呼ばれていた女官は、黎令を鋭く睨みつけてから戻っていく。

「すまない。さすがに後宮の決まりごとまでは知らなくて」

黎令は、基本的に決まりごとは守るという信条がある。そのため、すぐに椅子に腰を下ろし、謝罪した。すると、衝立の向こうから、かすかに衣擦れの音がして、穏やかな声がかけられる。

「致し方ないことです。……では、拝見いたしますね」

なんだろうか。言葉の端々に、陶蓮とは思えぬ優雅さのようなものを感じる。黎令は、思わず姿勢を正していた。

「その……持ってきた銀環を見て、なにかわかることがあるのか？」

居心地の悪さに黙っていられず、黎令は急かすように問いかけた。だが、返ってきたのは、唐突な確認だった。

「先に確認しますが、お二人は相国官吏として骨をうずめる覚悟がおありですか？」

問われた意図を計りかねて、少し警戒しつつも黎令は即答した。

「僕は、そのつもりだ」

「私もできるかぎりは官吏でいたいですね。官吏以上に大きな数字を扱う職業ってあまりないですから。そのために官吏にまでなったんで！」

そこかよ、と黎令は思ったが、衝立の向こう側からは、やわらかな声が返ってきた。

「そうですか。では、お二人を信じて。……実は、銀環のある部分を見ることで、官銭か私鋳銭かがわかります」

　これには、黎令の後方にいる何禅からも驚きの声がもれる。

「……え？　それは、贋金を見分けられるってことですか？」

　持ってきた銀環は、秤を使い、本来の重さに一銭（三・七八グラム）足りないことを確認したことで、ようやく贋金と確定したというのに、見てわかるとは。

「少し違います。官銭の鋳造では、最後の工程でちょっとした仕掛けがありまして、とある部分にごく小さな傷がつきます。傷の形状も特徴的なので、それを確認することで宮城内の鋳造所で造られたものであるかどうかがわかるんです」

　陶蓮は傷と言っているが、実際はごく小さな刻印のようなものではないだろうか。黎令は、先ほど手に持っていた銀環を頭に浮かべ、それらしきものがなかったか思い出そうとする。

「結論からいうと、これは官銭ではありません。ただ細かいところまでかなりよくできています。だから、銀環の型を取って鋳型を作ったのでなく、本物の鋳型の製作図面を手に入れて、鋳型を作ったのかもしれないですね」

　そこで言葉を区切ると、彼女は小さく唸ってから、別のことを尋ねてきた。

「工部が出してきた銀環は、これで全部ですか？」

「出した分は、な。葉権様が袋から出したのは、その日、職人頭へ支払うために必要な銅銭と替えるための銀一環だけだったから」

葉権が手にしていた袋には銀十環が入っていたのを、何禅が見ている。

「もし本当に本物の鋳型の製作図面から偽鋳型を作ったのだとしたら、十環型だったはずなんです。そうなると、ひとつの鋳型からできる銀環は十環ですから、同じ鋳型で作ったものがまだ九環あると考えられます」

まだあるのは、ほぼ確実のようだ。今度は黎令が小さく唸る。

「……銀環のどこを見ればいいかは、教えられる範囲か？」

一応聞くだけは聞いてみた。返答は、予想通り否だった。

「申し訳ないですが、秘匿させてください。……誰かの前で傷探しをすることで、この仕掛けが周りの知るべきではない者に気づかれる可能性があります」

「謝らなくていい。言いたいことはわかる。宮城内に贋金造りの犯人もしくは共犯がいる可能性が高いって話だからな」

宮城内で厳重に保管されているはずの銀環鋳型の図面が流出したかもしれないのだとしたら、そこには、間違いなく役人が絡んでいる。それが誰かわからない状況では、贋金を重さ以外で見分ける方法があるのを知られるわけにいかない。より完璧な贋金を造られては困る。

「ところで、これが贋金と気づいたのは、何禅殿ですか？」

衝立の向こうからの問いかけに、黎令の背後から声が返される。

「は〜い、そのとおりです」

「その贋金を見つける方法は、確立されているのですか？」

「いや。何禅が感覚で軽い気がしたものを秤で確認しただけだ。……張折様からは、贋金の存在自体を隠すように指示を受けている。つまりは、全部回収しろって話だな。けど、工部の銀環全部を量るなど、贋金探しに来ましたって言っているようなものだろうに」

黎令は衝立の向こう側に対して首を振った。

「いいえ、ひとつずつ量る必要ないですよ。銀環は基本十環をひとまとめにして袋に入れて保管するものですから、おそらく残りの九環は、葉権様が持ってきたあの袋に入っていたものでしょう。だから、あの袋を見つければいいだけです。ただ問題が一つ……」

黎令が何禅を振り返ると、彼は眉尻を下げてため息をついた。

「我々行部には、工部の金庫を調べる大義名分がありません」

何禅の言葉に、黎令も同意せざるを得ない。

行部の行なう国家行事のための部署間の調整とは、とある行事が行なわれる際に、必要なものを用意する甲という部署と乙という部署があった場合、どちらの部署が何をどれだけ用意するのか線引きを行ない、物品の過不足や重複注文などが発生しないようにする、というのが基本の仕事だ。ただし、かかわるのが甲乙の二部署程度なら、非常に簡単な話で済むのだが、実情はそこまで単純ではない。

例えば、清明節の御陵参りのように皇族が皇城の外に出る際には、儀仗兵《ぎじょうへい》を伴うことになっている。この儀仗兵が騎乗する馬だけを考えても、必要な頭数そろえる手配、御陵参りの令に則った装飾品一式の発注、馬の世話をする者の確保、移動中の飼葉と水の確保などを行なうことになるのだが、これらのそれぞれを別部署が担当している。なお、過去の祭祀・儀礼で使われた装飾品一式を管理しているのは礼部だが、破損などで装飾品を新しくする必要が生じた場合には、実務官庁である九寺《きゅうじ》のひとつで、国事儀礼を管掌する太《たい》常寺《じょうじ》という部局に依頼を出すことになる。

黎令は、行部の仕事を改めて並べて、頭を抱えた。

工部は今回の清明節では、道の整備と建物の一部修繕などを行なうのだが、準備期間の初期段階でそれらの決裁は通してしまった。工部は清明節行事本番には関わらないので、これから行部が乗り込む口実がない。

「けど、それって、清明節の行事にもう一度工部を絡ませればいいってことですよね」

衝立の向こう側から、陶蓮が思いつきを口にするときに特有の、低い呟きが聞こえた。

「でも、大規模なものは銀のまま払って終わってしまうぞ。そうなると贋金が栄秋の街に流出してしまうんじゃないか？」

道の整備や建物の修繕はやや大掛かりなので、まだ終わっていないはずだが、終わればあの袋から出した銀環で支払いが行なわれてしまう。その場合も贋金が街に出ていくことになる。

「大丈夫です。早急に工部を動かす何かを作る提案をしましょう。それも職人に依頼するような少々細かめのものにします。そうすれば、また銀環を銅銭に替えなければならなくなる。それを見越して行部側から交換のために出向けば、あちらが清明節用に配布されたと主張する銀環の入った袋を金庫から出してくるはずです」

「なるほど。じゃあ、そこは陶蓮に任せ……すまない、官名は、もう……」

黎令は、言いかけて口を抑えた。

「かまいません。威公主様もいまだにその名で呼ぶので、もう愛称のようなものです」

そんなことを言って笑うから、思わず何禅のほうを見てしまう。得意げに胸を反らしているので、黎令は放っておくことにした。

「官名が愛称だっていうなら、ついでに決裁書類の処理もやってもらいたいものだ」

「清明節前の慌ただしい時ですものね。……今回の清明節で蒼部族からの造船技術の提供が正式に決まれば、あちらの職人の受け入れなどで新たな行事が行なわれることが決まるでしょうから、行部はますます忙しくなりそうですね」

「まったくな。……いまだって、充分忙しいってのに、突然こんなもんに対応しなきゃならなくなったし。せめて、魏嗣《ぎし》は残していってほしかった」

陶蓮が行部を去ったとほぼ同時に、彼女の副官だった魏嗣も行部からいなくなった。本人は、ただ「私は陶蓮様の副官なので、ほかの方の下は、ちょっと……」と言っていた。

「すみません。……わたしも魏嗣さんが抜けるとは思わなくて。主上と張折様とのお話では、次が決まったらしいのですが、どこに異動されたかも聞いてないんです」

陶蓮の返答が終わると同時くらいに、小さな声がした。

「蓮珠様、そろそろ……」

先ほど黎令から銀環を受け取った紅玉という女官の声だ。それにしても、官位に相当するものがある皇妃ならともかく、同じ宮付き女官なのに『様』付けで呼ばれるとは、陶蓮はいったい何をしているのだろうか。

黎令は、あちらから何か言われる前に椅子を立った。

「……やれやれ贋金を見分けられるような者が宮付き女官か。宝の持ち腐れだな」

つい、そんなことを口にしてしまう。

「……そんなことありません。官吏であっても女官であっても、わたしが積み重ねてきた経験は、この国のために使う。それは変わりません」

陶蓮らしさに安堵すると同時に、こんなことで彼女の立ち位置を窺うような真似をした自分が恥ずかしくもなる。

「……さっきの件、任せていいんだな」

「ええ。……すぐに手配しますが、先に贋金を仕掛けた者が動くかもしれません。お気をつけて」

衝立があるから見えるわけでもないのに、思わず黎令は頷いてしまう。それから、何禅が開けた扉を抜けて会談部屋を出た。

「お声だけでしたが、あまりお変わりない様子でしたね」

何禅がどこか嬉しそうに言う。

「……そうだな。新米女官らしさはまったくなかったな。国のため……か。尽くす対象が変わらないなら、官吏のままでも良かったじゃないか」

黎令が小さく漏らした不満に、何禅が笑みを深くする。

「ええ、良かったじゃないですか」

どの意味で『良かった』のかを問う前に、何禅が続けた。

「陶蓮様は以前から譲れないものがあって、それは今も変わってない。行部に居た頃と何ら変わっていないなら、部署や立場が変わっても我らは同志ってことでしょう？　それがわかっただけでも良かったですね」

何禅の言葉に押し黙る。蓮珠の中で、今も行部が大事な場所だと知ったとき、黎令も良かったと思った。彼女が、まだ自分の知る陶蓮であることにも安堵した。そういった思いを何禅に語ったわけでもないのに、『良かったですね』などと言われてしまった。他人の気持ちに疎い自分と違い、一見周囲に囚われず生きているようなこの部下は、意外と人の心の機微をよく捉えている。

「……戻るぞ。陶蓮が工部の仕事を増やすらしい。その決裁が上がってくる前に、片付けられる案件は片付けておこう」

「はいは〜い！」

来る時と違い、行部へ戻る黎令の足取りは、何禅と同じくらい軽やかだった。

■　五　■

翌日の早朝、朝議に向かおうとする黎令に、行部の下級官吏が声を掛けてきた。

「これ、黎令様ですか？　杏花殿《きょうかでん》に国賓向けの厩《うまや》を造らせるって……」

なにを言われているかすぐにわからず、少しばかり下級官吏の顔を見て考える。

「あ、昨日の件か。……陶蓮、仕事早いな。ちょっと見せろ」

下級官吏の手にある書類を奪い取って、目を通してみる。

杏花殿に厩を新たに建てるのは、今後威国からの国賓が増えることを見越しての提案となっていた。また、国賓の馬を繋ぐ厩だから、屋根や柱に多少は装飾があったほうがいいともある。細かい装飾は、先日の件のように宮城の外の職人に依頼することになる。

「朝議から戻ったら、すぐに工部に出向く。何禅、乗り込む準備を頼むぞ」

そう言い置いて朝議に向かった黎令だったが、朝堂へ向かう廊下で呼び止められた。

「聞いたぞ、黎令殿。行部から賞金が出たらしいじゃないか」

「……魯遷《ろせん》殿、どこからそんな話が？」

工部にいる同じ派閥の先輩官吏だった。年のころは三十代半ばだが、官位は黎令より下の正四品で、工部の中でも屯田司と言われる国土開墾事業を担当する部署に所属している。

「宮城内で噂になってんだよ。今日の朝議でも視線を感じるんじゃないか？　……長官代理の時期に不祥事とは、黎令殿も不運だな」

魯遷が黎令の肩を叩きながら笑う。黎令の若さゆえのことだが、本来は中級官吏が上級官吏に気安く声を掛けることはないし、肩を叩くなどありえないことだった。魯遷は、黎令が初めて会ったときから、ずっとこんな感じで接してくる、官位の上下をあまり重視しない人物だった。

魯遷に言われて周囲を見れば、いつもより見られている気もするが、基本的に行部は朝議の上のほうにいる方々からもともと良く思われていない。好意的ではない視線を受けるのに慣れきっていて、それが贋金の件による視線なのかどうかなんて、黎令には正直わからなかった。ここ最近は、実務に携わる下級官吏あたりになると、その仕事ぶりからどの部署の者も行部の存在をありがたがってもらえるのだが……などと考えつつ、黎令は贋金の件で突かれたときはこう答えると行部の面々と決めていた話をする。

「行部は新設の弱小部署ですよ。贋金なんて大それたこと、やろうとしたって、うまくいきっこないですよ。部署間調整しているだけじゃ、鋳造の伝手だってないですしね」

誰に聞かれても、行部が贋金の出所ではないという内容だけ返す。たとえ所有が露見しても、鋳造までは疑われないための布石だった。

「鋳造なら……、工部のほうが鉱物の加工を専門とする職人たちと繋がりがあったりするんじゃないですか？　それこそ、贋金だって造れるくらいの腕のいい職人とも」

魯遷の軽い雰囲気に流されて、黎令はついそんなことを言ってしまった。すぐに己の失言を謝罪しようとしたが、あまりにも穏やかな笑みを浮かべている魯遷に、黎令は言葉が出てこなくなった。

「まさか。下級官吏じゃあるまいし、職人なんぞと会いはしないさ。そんなもの好きは、滅多にいない。まして、私は屯田司だ。縁がないね」

怒っているのかもしれない。黎令は、やはり謝ろうと改めて魯遷の顔を見上げたが、彼はいつもと変わらぬ軽薄な態度で言葉を続ける。

「長官といえば、行部が羨ましいねぇ。行部の長官はこのたび国賓のお迎えという大役を任されたんだからな。さすが名門張家の御方だ」

謝罪の機を逸した感じがして、黎令はそのまま彼の言うことを受けて答えた。

「そ、そうですか？　工部長官の葉権様は精力的に業務をこなされているとお聞きしてます。僕は、あまり席にいない長官より、日々仕事をしてくださる長官のほうがありがたいですけど」

張折は、頼りになるときは本当に頼れる人なのだが、いかんせん日々の業務が彼の不在で滞りがちなのだ。黎令としては、愚痴のひとつも言っておきたい。

だが、魯遷は、これに笑みを引っ込め無表情になっていた。先ほどの工部を疑う発言よりもあからさまに憤りを示している。

「ふん。葉権なんて、たいした家の出でもないくせに、しぶとさとずぶとさだけで紫衣をまとった男だ。下級官吏で終わっていればいいものを」

今でこそ魯家は取り立てて大きな家ではないが、その歴史はそうとう古く、高大帝国でも官吏を輩出していた家だったという話だ。どうやら、魯遷は、人を官位の上下でなく家の格で見る人物だったらしい。

「そうそう、さっき言った、職人たちとの繋がりのあるもの好きってのも葉権の話だ。いつまでたっても下級官吏気分が抜けないらしくて、下のほうでやっていることにまで口出ししてくるんだ。この前も職人には銅銭で払うべきなどと息巻いて、行部に迷惑かけたでしょう？」

その饒舌さが、黎令を悪意に引き込もうとしているように聞こえた。

「別に迷惑ではありませんでしたよ。葉権様の言うことはごもっともだと、行部全員で納得しましたし」

黎令は警戒し、言葉を慎重に選んで返した。

「……黎令殿、考え方が変わったね。ずいぶんと下級官吏どもに毒されたようだ。そんなことだから、黎令殿が長官代理をやっているときを狙って、贋金騒ぎなんて起こされたんじゃないの？」

今回の件で責任を問われるのは黎令だと言いたいようだ。それも、行部の面々に黎令に対する悪意があることを前提に話をしてくる。

「我が行部の者にやましいところは、なにひとつございません。そもそも、そんな裏でちまちま贋金造る要領の良さがあったなら、あの部署に異動になったりしないでしょう」

行部は、他の部署では厄介者あつかいされた人間の集まりだ。それぞれに官吏として高い事務処理能力を持っているが、組織に迎合することを望まず、上司に逆らって部署の隅に追いやられたり、他の部署に飛ばされたりしてきた。

そういう面々だから、魯還以上に官位の上下を無視して意見を言ってくる。黎令もいつの間にか行部のそんな様子にすっかり慣れたが、それを毒されたとは思わない。彼らの意見には、ちゃんと黎令が納得できる理由が伴っているからだ。魯還のような軽薄さはない。

黎令は、魯還を睨み上げて、意見の訂正を待った。だが、彼はさらに黎令を逆なでするようなことを口にした。

「……では、贋金は陶蓮とかいう辞めさせられた女官吏の置き土産ではないか？　あいつも下級官吏から上がったって話だろう？　部署をたらいまわしにされてきた無能が行部次官になるなんて、金配って官位を買っていたんだろう。んで、それが贋金だってバレて、宮城から消えたんじゃ……」

「訂正いただきたい！」

黎令は魯遷の言葉の終わりを待つことなく、即時の訂正を求めた。

「行部の元次官である陶蓮は、後宮女官に異動しただけです。それも女官としては最高位に近い皇后付きの侍女に。けっして官吏を辞めさせられたのではありません。陶蓮が無能などという者がいたら、行部にお連れいただきたい。彼女がどれほどの仕事をこなしていたかを体感してもらう！」

朝堂に向かう廊下であることを失念していた。先ほどまでより多くの視線が、黎令に集まっていた。その上、魯遷は呆然と黎令を見下ろしている。

「ちょ……朝議がありますので、失礼します」

あらゆる視線を無視して、黎令は朝堂に向かって走り出した。官服で廊下を走るなんてしたことがないので、裾を踏みそうになる。その不格好さを恥ずかしいとは思ったが、魯遷に言ったことは恥じていない。むしろ言うべきことを言って、スッキリしていた。

だが、大勢の前で声を荒らげたこと自体への恥ずかしさは、朝議も終わり行部部屋に戻ってきてからこみあげてきた。廊下での一件は、すでに宮城中に知れ渡っていたのだ。

「黎令様ってば、我々のこと大好きだったんですねぇ。元同部だった官吏から『同僚や部下を信頼しているってハッキリ言ってくれるなんて、いい上司を持ったな』って羨ましがられちゃいましたよ」

何禅からは、先ほどからこの調子でずっとからかわれている。

「……もういいから、黙れ。工部庁舎は目の前だぞ、大丈夫なんだろうな？」

「もっちろんです。あなたの副官を存分に信頼して、お任せください」

どの袋に入っているかわからない贋金を見つけ出して回収するという緊張する事態にも、何禅の丸顔を見ていると緊張感が薄れる。

「本当に短時間で問題の銀環が入った袋を見つけられるのか？」

こちらの持ち物は、銅銭束十本（一貫）と贋金と入れ替えるための銀環、それらを入れた布袋だけだ。秤なんて工部で借りる予定でいる。

「ちょっとした算術の応用で、秤で一回量ればどの袋に問題の銀環が入っているかがわかります。その一回のための時間が取れるかは、黎令様にかかってますからね」

「それこそ任せておけばいい。……話をするのが、僕の本領だろ？」

言って、黎令は何禅とともに工部庁舎の扉を入った。

■　六　■

工部は、行部部屋のある中天門に面した通路でなく、宮城の中央東端にある東天門の近くに庁舎が置かれている。工部内は営繕担当の部署、開墾事業担当の屯田司、山川での交通路整備などを担当する虞部司、水利事業を担当する水部司と大きく分かれている。長官、次官はそれら四司のさらに上にいるのだが、葉権は黎令が訪問の目的を下級官吏に告げると、自ら奥の机から出てきてくれた。

「杏花殿の厩の決裁書類を見て、追加予算を持ってきてくれたんだってな。わざわざ宮城の端まですまないな」

さすが工部。大きな部署は、客人を迎える大きな机と椅子があった。それらが置かれているのも、行部の密談部屋のような窓もない狭い部屋でなく、ゆったりとした空間で、しきりには大きな衝立が置かれており、部内の者たちからは、客人が見えないようになっている。

「突如決まったことですから、職人たちも材料集めを急ぐでしょうし、すぐに動かせる金が必要になるだろうと思いまして。あとは、前回の件で学ばせていただきましたので、これまでお渡ししている銀環では使い勝手が悪いので、銅銭でお持ちしました。……何禅、お出ししてくれ」

椅子に腰かけながら改めて訪問の用件を言うと、黎令は何禅を促した。

何禅が持ってきた袋の口を開いて銭通しに結ばれた銭束を一本取り出したところで、小さく「あら〜」と呟く。

「なんだ？　葉権様の前で失礼だぞ」

「学びの道はまだ半ばでしたね。……これ、開白通宝ですよ」

何禅が蛇の頭を持つように銭束を掴んで、黎令のほうに見せる。

「……通し百文、だっけ？」

「それです、それ」

黎令は座ったばかりの椅子を立つと、その場に跪礼する。

「大変申し訳ございません。あれほど葉権様が至白通宝で、とおっしゃっていたのに」

葉権も椅子から腰を上げると、客人側に歩み寄り、跪礼する黎令の肩に触れた。

「おいおい、長官代理がやすやすと膝を折るなよ。……まあ、開白通宝なら必ずしも百枚未満ってこともない。せっかくここまで持ってきてくれたんだ、百枚あれば、旧銭でもかまわねえよ。俺からも職人には百枚あるからって、ちゃんと言うからさ」

黎令は、肩に置かれた葉権の手を支えに立ち上がると、改めて葉権に礼を正した。

「十本あるから、二人で五本ずつ数えます？」

何禅の提案に、黎令は渋い顔で返した。

「銅銭五百枚なんて、僕が数えるわけないだろう。きっちり一貫分あるかは、何禅が数えろよ。その間に僕は葉権様と、工部から上がってきた決裁文書のことで話をしたいから」

黎令は、葉権のほうを見る。葉権は大きな手に持った小さな紙片を真剣に見ていた。先ほど立ち上がる時に渡した張折からの文である。紙片から顔を上げた葉権は頷くと、低く響く声で黎令に応じた。

「なんだなんだ？　うちの提出書類に、なんか問題でもあるってのか？　いいぜ、小僧。じっくりと話を聞かせてもらおうじゃねえか」

そこまで言うと葉権は、親指で黎令たちの背後を指す。黎令と何禅は無言で頷く。

「葉権様、これ絶対、銅銭千枚数えるほうが早いような話ですよぉ……」

衝立の向こうには、そこまで聞かせて黙ると、何禅は葉権とともに部屋の奥へと向かう。

残された黎令は、あたかも葉権に決裁文書の内容を確認しているかのように、記憶している文章を頭から語り始める。

「今回の杏花殿敷地内に厩を建てる件に関する文書ですが……」

もちろん、衝立の向こう側に聞こえる程度の声で。

工部の者たちが、聞こえてくる黎令の声に、これが『語りの黎令』か、と呆れるほどの時も経たずに、何禅が葉権と戻ってきた。あらかじめ引いておいた椅子にするりと腰かけると、不自然にならぬように語りを止めずにいる黎令に小さな声で報告をする。

「予想どおり、偽銀環はひとつの袋にまとめて入っていました。犯人は何か目的があって、贋金の存在をバラそうとしている節がありますからねぇ。でなきゃ、贋金の噂なんて流さないでしょうし。おそらく袋には犯人にしかわからない印かなんかがついているんでしょう。でも、それを探している時間はなかったんで、一気に量りました」

銀環が入っていた袋は七袋あったそうだ。何禅は、一つ目の袋から銀一環、二つ目の袋からは銀二環と袋ごとに異なる数の環を取り出した。全部で銀二十八環となったそれを重ねて秤の片側に載せ、逆側にまず銀二十八環分の重さの分銅を置いた。すると、秤は分銅側に傾いたという。

「それで贋金が含まれていることは確認できました。あとは、分銅を減らしていきます。銀環いくつ分減らしたかで、どの袋から出した銀環かわかるわけです。偽銀環の本物との重さの差が一銭なのは、先に行部で銅銭と交換した銀環でわかっていますから……」

一銭分銅を五つ減らしたところで、秤の釣り合いが取れたという。

「五番目の袋でした。袋ごと本物に入れ替えてきましたよ」

何禅が嬉々として、偽銀環の入った袋を見せる。黎令は、再び対面に座った葉権と頷き合うと、語りを締めくくった。

「まあ、今回の厩の件は、急に決まったことですから、多少の粗は致し方ありませんが、次はより具体的に資材とその必要量をお書きください。……ああ、数え終わっていたようですね。では、持ってきた銅銭一貫をお渡しします。開白通宝ですが、どの束も百文あることは、葉権様の目の前で確認させていただきましたので、ご安心ください」

これで工部訪問の主たる目的は果たされた。黎令は来た時と同じように、袋を持たせた何禅を伴い、行部へと戻っていった。

■ 7 ■

贋金回収劇の翌日。黎令は決裁書類の処理に一区切りついたところで、大きく息を吐いてから天井を見上げていた。

「金庫の中が全部本物になっていたら、どうするんだろうな」

「賭けましょうか。行部が銀環を持っていったと踏んで、贋金所有の罪を訴えて皇城司を連れてくる!」

何気ない呟きに、下級官吏の一人が楽しそうに食いつく。

「皇城司が乗り込んでくるとか……面倒事に賭けるなよ」

想像するだけで疲れると思っていたところで、いつかと同じくパタパタと何禅の足音が聞こえてきた。

「ん？　噂をすれば何とやら……。じゃあ、俺たちは決裁止めるわけにいかないんで、自分の席から見守らせてもらいますね、黎令様」

そろいもそろって、わざとらしく手に書類を持つ行部の面々に、黎令は呆れて返す。

「いや、見守っていたら結局決裁止まるだろう」

そんなことを言っているうちに、行部部屋の扉が勢いよく開き、何禅の後ろから皇城司がわらわらと入ってきた。

「皇城司である！　この部署が贋金を保有しているとの訴えがあった、調べさせてもらうぞ！」

いつだったか御史台《ぎょしだい》が乗り込んできたことがあった。そのせいか、黎令は妙に慣れた気分で、皇城司を迎えた。

「すみません。うちは窓口業務ではないので、客とゆっくり話す場というのはないから、適当な机でいいですかね」

黎令は魏嗣が使っていた机の前に皇城司を招き入れる。御史台の時と同じく、行部部屋の扉のあたりに野次馬が集まっている。その中には、魯遷の顔もあった。

「行部で贋金ね。……何禅、金庫から袋を出してきて」

「承りました」

黎令に言われて奥へ引っ込んだ何禅は、すぐに布袋を一つ持って戻ってきた。

「行部は、基本金銭を右から左へ移動させるだけです。行部自体が金銭の支払いや受け取りをすることはほぼないので、金庫の中にはこれ一袋しかありません。銀環も銅銭も一緒くたに入れています」

袋の中には、銀環通しに銀十環と銅銭束が五つあるだけだった。もちろん、工部の件で銅銭と交換した銀環は本物になっている。

「これは早く済みそうだな……」

少なさに拍子抜けしたようで、皇城司がそう呟いた。

「秤は不正がないように、そちらのものを使ってくださいね」

この量でも、何禅より早く計り終えることはないだろうけど、などと考えながら眺めていたが、この手のことに慣れているのか皇城司はなかなかの手際で確認を終えた。

「ないようだな。すべて問題なかった」

「でしょうね。まあ、噂は噂でしかないということです。お引き取りいただけますか。清明節関連の行事の決裁がまだ残っているので」

黎令が皇城司たちを扉のほうへと追い払っているところで、扉の外から声が上がる。

「待ってくれ！　……あるはずなんだ！　昨日、行部以外に銀環を金庫から出してないんだからな！」

魯遷だった。これだけの人間がいる前で、よく言えたものだ。黎令は、皇城司のほうをチラッと見た。

「それは、どこの金庫の話だ？」

皇城司が訝《いぶか》しむ。行部部屋の扉付近に留まっていた黎令が、叫んでおいてその場を去ろうとしていた魯遷の肩に手を置いて、足止めする。

「おかしな話ですねぇ、魯遷殿。噂では行部が贋金を所有しているって話だけなのに、魯遷殿はそれが銀環だって知っていらっしゃるんですね？」

皇城司だけでなく、その場の視線が魯遷に集まる。逃げるつもりで後ろに下がろうとしたようだが、その肩には何禅の手も乗り、一歩下がることさえできないようだ。

そこに、さらに場をざわつかせる二人が現れた。

「諸々のことは、そこの騒いでいた者に聞いてはどうだ？」

皇城司も魯遷も口を半開きにして、突如現れた二人を見ていた。

「李丞相、主上まで……なぜ、ここに……」

魯遷の呟きに、主上が皮肉の笑みで応じる。

「なにをいまさら。行部は皇帝直属の部署だ。張折を長官に置いているが、部署の監督責任は余にある。その行部で問題が起きていると聞いたから李洸と様子を見に来ていただけだ。お前たちは気にせずに捜査を続けてくれ」

主上と丞相が立っているのに気にするなとは無理を言う。

「そうだ、魯遷といったな。一つだけ直接聞いておきたいことがあった。偽の銀環は、いくつ造った？　銀十環のみか？　あるいは、もっとか？」

主上が魯遷の顔の高さに合わせて屈み、顔を寄せていた。黎令からは主上の背中しか見えないが、向き合う魯遷の顔色が一気に青白くなり、怯えた目をする。

「主上、そのあたりで。過度の恐怖は人を壊しますよ。聞き出すことが多々ございます。まだ壊さないでおいていただけますか」

李洸の言葉で魯遷から身を離したところで、主上が李洸のほうを見る。

「お前もたいがいだな、李洸……」

呆れ顔で李洸を見ていた主上だったが、視線を感じて魯遷を見下ろした。

「巻き込む部署を誤ったな、魯遷。下らぬことで行部の手を煩わせるな」

李丞相はこの場で話すことはないようで、取り調べのため皇城司に対して魯遷を栄秋府へ送るよう命じている。

黎令は連れていかれる魯遷の前に立つと、疑問をぶつけた。

「魯遷殿は、僕に廊下で話しかけてきたのは……僕が……いえ、行部が贋金に気づいているか試したんでしょう？　もっというと、偽銀環を工部長官が行部に持ってきたと言わせたかったんでしょう？」

黎令の指摘に、何禅が感心する。

「なるほど。工部から贋金が出たとなれば、長官は責任を取って辞めざるを得なくなる、ということですね。……いやぁ、魯遷殿は本当に葉権様がお嫌いなんですね。まあ、そこはどうでもいいです。どうせくだらない理由で一方的にお嫌いなだけでしょうから。ただ、そこに黎令様への逆恨みを混ぜこむのは、やめてもらえますかね。黎令様のほうが先に出世したのは、従三品という官位相応の能力があってのことですよ。なのに、黎令様の長官代理期間に事を起こすなんて……後釜狙いですか？　欲深いにもほどがありますね」

いつの間にか自席を立って黎令の周りを固めていた行部の面々に圧倒されたのか、魯遷は何も言わず、ただ黙って、自分が連れてきたはずの皇城司に連れていかれた。

「黎令よ。張折不在の中、よくこの件を乗り越えてくれた。後ほど、行部全員分の褒美を届けさせる。皆、今後も頼むぞ」

それだけ言うと、主上も李洸を連れて行部部屋を出ていく。

身を翻す一瞬、主上の視線が陶蓮の使っていた机を見た気がした。そのわずかに和ませた目元に、おりよく主上が現れたのは、もしや陶蓮の言によるものでは……などと考えてしまう。

扉前の野次馬もいなくなった行部部屋に暢気な声が響く。

「主上から褒美を賜るなんて！　やはり黎令様の副官になれて幸せです！」

「……まあ、これからも僕の副官として職務に励めば、いつかは何禅も紫衣をまとえるんじゃないか」

上級官吏への道は、上司の推挙によるところだ。黎令は自分の副官に力強く言った。だが、何禅が笑って、あっさりと否定してくる。

「……いやいや、出世なんて期待してませんよ。行部ですからね、ここ」

「……お前って、本当に一言多いんだよ」

黎令は思わず苦笑する。認めたくはないが、こののんびりした口調の副官が、ついイライラして余裕をなくしてしまう自分にはちょうどよいようだ。

「一言多いぐらいがちょうどいいでしょう。なんたって、『語りの黎令』様の副官ですからね」

そんなことを言いながら、何禅が空気の入れ替えのために窓を開ける。黎令は、春の空気を深く肺腑にまで吸い込んだ。

「じゃあ、行部長官代理らしく決裁どんどん処理するぞ」

机の上に積まれた決裁書類を見上げた黎令は、筆を手に取ると、そう宣言した。

第二話

双管斉下〔そうかんせいか〕

■一■

紅玉《こうぎょく》にとって、その関係は、長く続く義務的な主従関係だった。貴人の側仕えというものは、たとえ幼少期の話し相手として呼ばれたのだとしても、分を弁えて仕えるのが当たり前だと思っていた。よって、仕える相手は誰だって良かった。ただ、自分の義務が果たせればいい。

だから、本来は彼らが口にするはずだった料理を食して倒れた時も、これが自分の役割だと受け入れていた。鈍い痛みとともに臓腑を蝕む黒いなにかが、意識までも奪っていこうとしたときでさえ、役割に殉ずることを怖いとは思わなかった。

むしろ、こういう時のために、自分たちのような者が存在するのだから、これで良かったのだと思ったくらいだ。

だが、三日間に及ぶ昏睡状態から目覚めた時、紅玉のまだ少しぼやけた視界に、同じ顔の少年が二人、同じように目に涙をためているのが映った。

「……どうして、お二人は、そんな顔をしていらっしゃるのですか？」

ただ、本当にそのこと、が不思議だったから、紅玉はそう尋ねた。

「紅玉が泣かないからだよ！」

悔しそうに、苦しそうに、二人同時にそう叫んだ。

驚きに言葉が出てこない紅玉の上掛けに伏した二人は、今度は「目が覚めて良かった」と何度も繰り返した。

この人たちは、自分のような者のために、泣いてくれる人なのだ。

そう思ったとき、紅玉はさっきよりも、もっと不思議な気持ちになった。胸の奥が熱く、鼓動が高鳴るのを感じた。生きていることの実感が、じんわりと広がって、指先がピクリと動いた。

「私は、お二人がご無事で良かった……」

少し掠れた声で言って、紅玉は自分の意志で指を動かした。上掛けの上を少しずつ這わせた指が髪に触れた。貴人の髪に触れるなど、主従の分を越えている。

それでも、触れて確かめたかった。これが、自分の命を懸けて守った人だ、これが、自分のために泣いたり怒ったり喜んでくれたりする人だ。

「……生きていて、良かった……。お二人にもっと仕えることが……できるから」

紅玉の手を二人分の熱が包み込む。手の温かさから、二人の命が伝わってくる。この双子が生きていることがまた、今自分が生きている証なのだと思った。

この日、紅玉は『貴人に仕える者』から明確に『双子に仕える者』になった。

■　二　■

成人してからの紅玉が、長くひとところに留まることは、これまであまりないことだった。地方を渡り歩いたり、都と地方を行き来したりと移動の多い日々を送ってきた。

清明節を前に、後宮の庭も深まる春に華やぎを増していく。穏やかに季節が移りゆく様を眺めては、違和感を覚える。なぜ、まだ自分はここに居るのだろうか、と。

「紅玉殿、どうかなさいましたか？」

同じ玉兎宮付きの女官の明鈴《めいりん》が、側廊の途中で足を止めた紅玉を振り返る。

「いえ……先ほど受け取った絹は、この庭のこれからの彩りに映えるだろうなと思いまして」

「紅玉殿のおっしゃるとおりです。今回はまた格別に美しい仕上がりです。春の盛りの庭が映りこんだかのようにやわらかなお色味と初夏へと移りゆく後宮の庭の爽やかで淡い光沢が素晴らしいわ。皇后様も、絶対にお喜びになりますわ」

紅玉は同僚の言葉に素直にうなずいて賛同する。綾錦院《りょうきんいん》の者たちは、威皇后がまだ妃位であったころに、冤罪から救ってもらったご恩に報いるためと、いつも皇后の絹には並み並みならぬ気合を入れて織ってくれている。

「ええ、後宮の春は淡くやわらかですね。同じ春でも、華やかさの色味は場所によって違いますね」

紅玉は明鈴に微笑む。幼い頃から美しいものが好きだった。華やかな絹衣、煌びやかな装飾品、艶やかな化粧で美を競う女性たち。相国西南部にある絹織物業で有名な凜西《りんさい》の街で生まれ育った紅玉は、いつだってそれらを羨望の眼差しで見つめていた。

凜西の街では、妓楼がそれぞれに絹織物工房と契約を結び、自分の店の芸妓に契約工房の絹をまとわせる。着飾った芸妓たちは、大陸中から買い付けに集まる客たちの前で歌い踊り、その絹の美しさを見せつける。買い付け客たちのほとんどが、こうした妓楼を渡り歩いて、どこの妓楼で観た絹にするかを決める。あとは、工房の出している店に出向いて注文書に記載するだけだ。それが、凜西での基本的な絹の購入の流れになっている。

紅玉は、いずれは自分も姐さんたちと同じ芸妓になって、美しい絹をまとい、客前で歌い踊るのだと思っていた。

「……なんというか、ずいぶんと遠くへ来たものです」

凜西の妓楼と栄秋の後宮では、地方都市と都という距離の隔たり以上に色々な面でとてつもなく遠い、と言える。

「あら、紅玉殿は栄秋の出ではないの？　では、あなたも清明節は里下がりを？」

明鈴が小首を傾げる。紅玉は意識的に口角を上げて、小さく首を振った。

「生まれは北のほうですが、戦争で都に……。ですから、清明節だからと言って、帰るところがあるわけじゃないんです」

実のところ、これはいま仕えている人物の背景だ。彼女こそ、一介の官吏から皇后へと、紅玉の比ではないほど遠くへ来てしまった。

明鈴が少し驚いた顔をする。無理もない。後宮の女官の中でも下働きでなく宮付きで皇妃の侍女となれば、皇帝のお手付きになる可能性もあるため本来ならば出自を厳しく問われる。後宮に仕える侍女のほとんどは、実家に戻れば、いいところのお嬢様であることが多い。戦争孤児などありえないことだった。

「生まれの話です。幼かった私を引き取ってくださったのは、国内でも由緒ある官戸の出の方でしたから」

今度は明鈴が納得した顔をする。感じたことがそのまま顔に出るのが、この同僚の特徴だった。

相国では、官位が高位にある者ほど養子を迎えるのに抵抗がない。多くの場合、家族として迎えるというより、将来性のある子どもに出資するという形をとる。だから、財産相続権は最初からない。大きな派閥を形成するために、より多くの官吏や後宮女官を自分の手元から送り出したいからだ。

もっとも、今上帝の後宮は、どれほど見目の良い女官を送り込もうと、皇帝のお手付きになることはない。あの皇帝は宮付き女官だけでなく、皇妃にすら興味がないのだ。彼が自らの妃と定めたのは、威皇后ただ一人。

頭が良すぎる叡明は、昔からこれと自分が選択したら、それを決して譲らないところがある。他の者なら頑固だとか融通が利かないとか言って諫められるところなのだろうが、叡明の頭が計算して決めた選択は常に正しいので、誰も文句が言えない。

紅玉は、都に本拠を持つ官戸・張家に引き取られて間もない九歳の頃に、今上帝である郭叡明とその双子の弟の翔央に引き合わされた。二人の家庭教師を張家の当代家長の末子である張折が務めていたからだ。その頃から、双子は――とくに叡明は今とまったく変わっていない。

当時、紅玉より四歳上の双子を取り巻く状況は良くなかった。先々帝の皇后だった呉太皇太后は、すべての物事を自分の影響力の下になければ気に食わないという人物であった。

彼女は、華国《かこく》からの干渉を許すかもしれない双子の母妃に対して、生きているうちには皇后位に就くことを決して許しはしなかった。その死後、ようやく皇后位を与えることを許したのは、単純に生きた皇后が不在の後宮のほうが、彼女にとって都合が良かったからだ。自分の言いなりに動く英芳の母妃を重用し、孫の中では英芳だけを可愛がった。一方で、華国から嫁いだ妃が生んだ双子のことは快く思っておらず、常に排除する機会を狙っていた。

だからこそ、張折は双子の周辺に自分の家で育てていた子どもである紅玉を置いた。双子を守る盾として。そのために、紅玉は幼いころから教育を受けていた。

今でも紅玉は表向きは後宮の侍女として働きながらも、その本性は双子のために存在する影の者であり、常にその命令に従い、動いている。

「私は里下がりをせず、いつもどおり皇后様の御側に控えておりますよ」

皇后の身代わりである蓮珠を支え、その身を守ること。それが紅玉の役目だ。

「私は清明節の準備を終えたら里下がりをいただくの。お優しい威皇后様にお仕えできて、本当に幸せだわ。この時期に実家に帰らせていただけるなんて。皇妃様によってはお許しいただけないって聞くもの。はぁ〜、久しぶりの城外よ」

この新年から後宮女官となったばかりの明鈴は、まだ長く城から出られない後宮生活に慣れていないのだろう。

清明節には身分の上下に関わりなく、祖先の墓参りを行なうことが古くからの習わしである。皇族の方々は栄秋郊外にある御陵へ参詣し、一部の妃嬪たちはこれに随行する。なお、御陵参りに随行しない妃嬪たちのほとんどは、この時期は実家に戻り自らの祖先の墓参りをすることになっていた。その場合、身の回りの世話をさせるため、自分の宮付き女官も連れて帰ることが多い。そうなると、女官のほうは実家に帰りたくても帰れない者も出てくるのだ。

「御陵参りの準備も、ほぼほぼ終わりだから、明日か明後日には都を出られそうです！」

明鈴の言葉に紅玉が頷きかけたところで、後ろから声がかかった。

「この季節の都の土産にヨモギの蒸餅……清明果はいかがですか。南部のものは甘いですが、栄秋あたりのものは、しょっぱいんです。珍しくていいのではないでしょうか」

振り返った紅玉たちに、緑衣をまとった色白細面の見目麗しい少年官吏が微笑む。傍らの同僚が後宮であることを忘れたように潤んだ目で見入っているが、もちろん本当に少年官吏ではない。相国特有の男女同型の官服を身にまとった女官吏の范玉香《はんぎょくか》である。

「本日は官服でいらしたのですね、玉香様」

紅玉は指摘してから深く一礼した。慌てて明鈴も一礼したが顔を上げるとすぐに上ずった声で問う。

「あ、あのぅ、教えてくださってありがとうございます！　玉香様は清明節にご実家にお帰りになりますの？」

「いえ。私の実家は栄秋にありますから、清明節の当日に実家へ赴き、少し顔を出すだけですね。あとは皇后様のお召しに従い、傍らに控えている予定です」

玉香は、昨年秋に亡くなられた皇妃范才人の妹にして、自らもそのあと一時的ではあるが姉を継いで范才人として後宮に居た人物だ。

姉の范才人は、男装の麗人として知られ、いまもって妃嬪やその女官たちに慕われている。今回の清明節に里下がりが少ないのは、御陵の一区画にある代々の皇妃の墓に故范才人を参詣したいと願う者が多いためだと聞いている。

妹である玉香も参詣希望者の一人だったが、一介の下級官吏では亡くなった皇妃の墓に参詣することは本来できない。そのことを知った威皇后（と言っても、身代わりの蓮珠のほうなのだが）が、その類まれな筆跡の美しさを理由に、後宮書記官の職に召したのだ。これにより、玉香も皇后の随行員として御陵参りに行くことを許された。

書記官といっても何かを記録する係というわけではない。平たく言えば、彼女は後宮内の代筆屋である。美しい字は、上流の女性たちの身に着けておきたい教養のひとつであるが、得手不得手は誰にでもある。そこで、玉香が依頼者の皇妃に合わせて字体を変えて代筆している。また、同時に皇妃にお手本を示し、その字体で書けるように指導も行なっていた。

現在、後宮で最も玉香をお召しになるのが威皇后である。正確には、皇后の身代わりである陶蓮珠だ。長く官吏として過ごしてきた蓮珠の字は、読みやすいが硬い、男性的な字体で、文章もお役所の記録文書のような印象を受ける。もっとも、本物の威皇后である冬《とう》来《らい》も、長く戦場にいたために軍務の伝令文のような硬く鋭い字体をしている。どちらの字も知っている紅玉からすると、入れ替わっても字はあまり変わっていない気がするので、無理して蓮珠か冬来の字を身に着けずともいいように思えるが、対外的に皇后に求められるのは、女性的でたおやかな字らしい。この皇后らしい字を習得するため、蓮珠だけでなく冬来も、時間を作っては玉兎宮に来て、玉香から手習いを受けている。

「紅玉殿もずっと皇后様に付きっきりなのでしょう？」

玉香の問いかけに、少し含みを感じるも、紅玉はそれに気づかぬふりをして微笑む。

「……ええ。では、玉香殿ともしばらくご一緒ですね」

「そうですね。ぜひともよろしくお願いしますね。……ところで、皇后様にお取次ぎいただけますか。なかなか厄介なことが起こりそうなので、ぜひお耳に」

なるほど。今日は范家の者としてきたのか。紅玉は納得した。

「皇后様付きの女官の方にこのようなことをお願いするのは、大変恐縮なのですが……、よろしいでしょうか？　えっと……」

「明鈴にございます！」

「そうでした、明鈴殿でしたね。すみません、人の顔と名前を覚えるのが苦手で……」

「まあ、そんな。名前を口にしていただけるだけでも、天にも昇る心地ですわ」

このやりとりを聞くのは何度目だろうか。紅玉は小さくため息をつく。

「お任せください、玉香様。この明鈴が前駆を務めますわ。皇后様のところへ行ってまいります！」

言うや否や、紅玉が止める間もなく明鈴が走り出す。その背が見えなくなってから、紅玉は盛大なため息をついた。

「同僚の方を走らせるようなことになり、申し訳ない、紅玉殿」

人の顔と名前を覚えるのが苦手だと言うわりに、なぜか紅玉は彼女に名を忘れられたことも、間違えられたこともない。官吏になった范玉香と初めて会った時から、だ。だいたい、十八歳にしてたいして勉強期間もないまま、直近の科挙に好成績で合格した才女である。物覚えが不得手なんてわけがないだろうに。

さすが范家の者というところだろうか。腹の中になにを飼っているやらわかったものではない。紅玉がチラッと玉香の顔を窺うと、相手は小さく笑った。

「紅玉殿は驚きませんでしたね。私が後ろからついてきていることを、とっくに気づいていらしたようだ」

「……そんなことありませんよ。皇后様のお付きとして、いかなる場合も冷静であることを求められますので、顔に出にくいだけです。明鈴はここに来て日が浅いので、まだできていませんが」

范才人として会った時の記憶でいけば、玉香は紅玉とほぼ同じ背丈だったはずだが、官服に合わせて底の厚い沓《くつ》を履いているため、今は玉香のほうが少し高い。自然と紅玉は笑顔の玉香に見下ろされる形になる。

「皇后様の周りは紅玉殿以外のほとんどの者が、この春からの新人ですからね。致し方ないことですね」

女性としては少し低く落ち着いた印象のその声は、姉の范才人の声とよく似ている。男装の麗人であることまで引き継いだのかと思う美少年っぷりだ。そこがまた、紅玉を油断できない気持ちにさせる。

紅玉の警戒心が伝わったのか、視線を外した玉香が、何かに気づき遠くを見る。

「……ああ、残念です、紅玉殿。せっかく、同僚の方に取次ぎをお願いしたのに。どうやら、厄介なことが『起こりそう』は『起こった』に変わってしまったようです」

そう言う玉香の視線の先、廊下を誰かが走ってくる。皇后の居所である玉兎宮の廊下で走るとは、それは相当に厄介なことが起きたようだ。

「一大事にございます！　皇后様にお取次ぎお願いいたします！」

現在の玉兎宮の主である威皇后は、『なかなかの厄介ごと』が勝手に飛び込んでくる運命の持ち主だ。その本領をいかんなく発揮し、またも、一大事が発生してしまったようだ。これは、おそらく宮付き女官も巻き込まれるだろう。

同僚は取次ぎが無駄になったばかりか、実家に帰れなくなるかもしれない。紅玉は明鈴を不憫に思った。

■　三　■

玉兎宮に駆け込んできたのは、張婉儀《ちょうわんぎ》の宮付き女官だった。前駆だった彼女に少し遅れて、張婉儀本人がやってきた。

「供人《ともびと》の衣装がまだ配られていない？」

玉兎宮の正房で張婉儀を迎えた威皇后が、その訴えを聞いて首を傾げる。

供人は、貴人の外出時に随行する従者のことで、身の回りの世話をする通常の女官、太監に加えて、外出先で使用する調度品を運ぶ荷物持ちや移動の馬車の御者、馬の世話係などをまとめて指す言葉だ。

清明節に皇族と一部の妃嬪が行なう御陵参りでは、この供人がたくさん随行するわけだが、衣服令で、供人はそろいの上衣を身に着けると決められている。

「衣装は主上から賜る形をとっていますが、儀礼に使う衣装は礼部が管理していると記憶しております。礼部からの配布がないということでしょうか？」

皇后の身代わりである陶蓮珠は、かつて下級官吏として礼部に在籍していた。御陵参りについても、行事のひとつとして知っているらしい。蓮珠のすぐ後ろに控えて、彼女の知識を補助する役目にある紅玉も今回ばかりは出番がないようだ。

「よくご存じで。さすが威皇后陛下です！」

張婉儀は話が早いと、茶器を置くと経緯を説明した。

「例年であれば、初夏のお衣装配布の少し前に御陵参りの供人用のお衣装も宮に届くのです。これは、侍女たちがお直しをする時期が重ならないようにという、主上の細やかなお心遣いにございます」

その語尾は「なんてお優しいこと」という感嘆のため息を含んでいた。それに同意する妃嬪が、果たしてこの後宮にいるかどうか、怪しいところだ。

張婉儀は政治上の理由が先行して後宮入りする妃嬪が多い中、叡明様の後宮にぜひとも入りたいと熱望して後宮入りした方である。双子の家庭教師をしていた張折の姪である彼女は、叔父の影響か幼い頃から史書を好んだ。ところが、令嬢の教養と言えば、詞、書画、奏楽、裁縫、刺繍とだいたい決まっている。そのため周囲に話の合う人がいなかった。

そんな彼女にとって、叡明は唯一の年近い話し相手だった。年頃になって子どもの頃のように会えなくなっても、文を交わし意見をぶつけ合っていた。張婉儀が叡明に向ける恋心は、同好の士への共感の延長線上にある。さらには、学問熱と不可分な想いだったために、非常に直情的に叡明への好意を示すに至った。だが、長時間にわたって高大帝国の文化伝播について議論を交わす二人の姿を見たことがある紅玉からすると、叡明にとって張婉儀は、自分の妃というより希少な学問上の友というところだ。その意味では、叡明も彼女を大事にしていると言える。

「礼部に確認するよう管理側に連絡したほうがよろしいでしょうか？」

張婉儀の主上賛美が長いと知っている紅玉は、密やかに問いかけた。

「そうですね。……確認の際には、必ず理由も聞くように伝えてください。そこが気になります」

紅玉は、供人の衣装について礼部に問い合わせるよう後宮の管理側に依頼を出した。蓮珠に言われた通り、細かい理由の説明を求めると添え書きする。この手のことは、後宮の管理側を通して、宮城側の部署に連絡を取るのが決まりだった。なお、妃嬪が皇后を通さずに直接管理側になにかを問い合わせることもできない決まりになっている。妃嬪は、まず皇后に相談や報告を行ない、それを受けた皇后が必要と判断すれば管理側に問い合わせるというのが、正式である。そうすることで、後宮内で起こるすべての問題が皇后に集まるような仕組みになっているのだ。

「大至急で確認させますが、回答には半日ほどかかるでしょう。不安な思いをさせてしまいますが、少しお待ちいただけますか」

「はい、皇后様！……あの……少しお話をしていってもよろしいでしょうか？」

叡明ほどではないが、蓮珠も官吏になるために歴史を学んでいる。何かの折に皇后の中の歴史知識に気が付いた張婉儀は、今回のようになにか問題があると自ら玉兎宮に来て、ことのついでに歴史談義（ほぼ歴史講義だが）をしていくようになった。

「ええ。……紅玉、新しいお茶を用意して」

張婉儀は嬉しそうに、今回初めて相国を訪れる蒼太子の母妃の部族、蒼部族について、その歴史上の位置づけを語りはじめる。どうやら高大帝国成立以前から始まるようだ。

これは長くなりそうだ、と思い、紅玉は茶を用意する女官に、時間が経ってもあまり味の変わらないお茶の銘柄を指定した。皇后はほかの皇妃よりも当然忙しい。それでも蓮珠が張婉儀との歴史談義に時間を割くのは、張婉儀がこの時間のために、後宮で起きる小さな問題から多少大きな問題まで、なんでも玉兎宮に報告に来てくれるからだろう。

また、歴史談義の間にも、皇妃の誰それの実家がどのような歴史的経緯で今の派閥を形成するに至ったかなども語るのだ。身代わり皇后の蓮珠にとって、張婉儀は後宮の内情を理解するのに非常にありがたい存在だと思う。

皇后という立場は、後宮にいるにもかかわらず、後宮の外で起きていることも把握していなければならない。内政においては皇帝を支え、外交では名目上国賓の接待を取り仕切る役割にあるために、派閥の情勢を把握する一方で、国賓と雑談の一つもできなければならないのだ。もちろん後宮の秩序を整えるという重要な仕事もある。身代わり皇后の蓮珠にかかる負荷はかなり高い。本来の皇后である冬来が話をしに来ることもあるが、そう頻繁ではない。これまでの身代わり時と同様に、引継ぎなしでその都度自分に必要な情報を取り入れていくのが、蓮珠のやり方だった。

紅玉の役割は、そんな蓮珠の負荷を減らすことにあるのだが、働き者の蓮珠は紅玉が少し目を離していると、いつの間にか諸々抱えこんでしまう。

せめて、切りの良いところで休息を……と、何回目かの新しいお茶を出そうとした紅玉の背後から声がかかった。

「客人か？」

見れば、相国皇帝郭叡明……の身代わりである双子の弟、郭翔央が、太監一人を連れてお渡りである。

「しゅ、主上！」

声だけで張婉儀が椅子から浮き上がったように見えた。

張婉儀は、そのままの勢いで、卓を離れて跪礼した。

「主上のお渡りにございますれば、わたくしはさがらせていただきます！」

さすが『逃げの張折』の姪っ子というところか。言った次の瞬間には、玉兎宮の出口に向かい、正房を退室していった。

「……玉兎宮から脱兎のごとく逃げるとは、な」

翔央が笑う。

「すごい勢いでお帰りになりましたね。……主上、いったい張婉儀になにをなさったんですか？」

つられたように蓮珠も笑って、翔央に問う。

「いやいや、俺はなにもしてないぞ。……というか、ずいぶんお前に懐いたものだ。あれは、なんか本能的に……」

「主上、お待ちください」

紅玉は、翔央に待ったをかけた。

「お客様がもう一人、いらっしゃいます」

翔央は言葉を止めると、自分の背後を見て、スッと目を細める。

「これは面白い。先ほどまで、執務室で父親のほうと話してきたところだ。張婉儀が帰るのを待っていたというところか」

別室で待ってもらっていた玉香が正房の扉から顔を覗かせた。

「まあ、玉香殿。お入りください。いま、あなたの分のお茶を用意させますから」

蓮珠がやわらかな口調で言った。どうやら玉香はすでに帰ったと思っていたようだが、すぐに切り替えて、迎え入れようとする姿に、彼女は本当に皇后生活に慣れたのだな、と紅玉は思う。

「いいえ、皇后様。主上がいらしたなら私も日を改めます……と申したいところですが、私が皇后様に奏上する予定でした内容は、張婉儀様のお話で、ほぼ終わりですので」

翔央は口元に手をやると小さく笑い、指摘した。

「……『ほぼ』ということは、多少の違いがあるということか？」

玉香が肯定を示すように黙礼する。

「ならば、張婉儀の用件を聞くついでに、范玉香、あなたの話も聞かせてもらうとしよう。

さて、この忙しい時に、後宮では何が起きたって？」

翔央は視線で椅子を示すと、自分は蓮珠の隣の椅子に腰を下ろした。

■四■

三人分のお茶を用意すると、紅玉は先ほどよりも厳重に人払いをした。閉じた正房の扉の前は翔央が連れてきた太監である秋徳《しゅうとく》に立ってもらった。

卓を囲んだ三人もしばし沈黙し、紅玉ひとりが出入り口に控えているのを確認してから話を始めた。

「主上、父と話されたそうですが、父からはなにか……」

切り出したのは玉香だった。

「別件だろう。贋金の話で調べさせていたので、その報告だ」

これには、蓮珠がすぐに頭を下げた。

「主上。贋金の件では、ありがとうございました」

翔央は、片手を軽く振る。

「気にすることではない。余にとっても足元の火事だ。徹底的に火を消してしまいたかったが、先手を打たれた。今朝、栄秋府の牢屋で魯遷《ろせん》が死んでいた。口封じされたと考えると、やはり、魯遷の個人的な欲だけで贋金が造られたわけではなさそうだ」

紅玉から見た限りでは、工部で発生した贋金騒動に行部が巻き込まれた件は、玉香の耳にも入っているようだ。翔央はそれを前提として話している。

「范言《はんげん》には市場に贋金が出回った形跡がないか情報を集めさせたが、宮城外に持ち出されたということはないようだ。普通はさっさと手放すものなのだが」

相国では贋金を持っているだけで罪を問われる。それでなくても、ニセモノを後生大事に持っていても仕方がない。本物に換金してこその贋金である。

「明確な使用目的があったということでしょうか？　それも宮城内で」

玉香が言い、翔央は少し考える顔をしてから首を振る。

「まあ、その件はこっちで処理する話だ。お前たちは、清明節の件が優先だろう」

翔央が促すと、蓮珠が居住まいを正した。

「供人の上衣が礼部から配られておりません。例年であれば、すでに各宮に届いていて、今年着る者に合わせた仕立て直しまで済んでいる時期……のはずです。わたくしは、今回が初めての御陵参りとなりますので、聞いただけで詳しくは存じませんが」

蓮珠が慌てて話を聞いただけという体裁をとる。皇后が相国に輿《こし》入れしたのは昨年の初夏のこと。清明節の御陵参りは初めてとなる。

「皇后様、私がお話ししたかったのは、その礼部が上衣を配らぬ理由のほうでございます」

「それがわかっているなら話は早いな」

翔央がやや前のめりになって、玉香に先を促した。

「このたびの清明節では、御陵にて新たに祀《まつ》られる御方がいらっしゃるわけですが……」

玉香が主上の顔色を窺い、言い淀むのも無理はなかった。新たに御陵に加わったのは、先帝の第二皇子であった郭英芳《かくえいほう》だ。朝議の場での大逆による薨去であり、その命を絶ったのは弟宮の白鷺宮だったのだ。

「市井にあっても新たな墓への墓参は特別なものになります。礼部は、このため、例年とは異なる色の上衣が必要であり、儀礼で使われるものを新調する場合は、管轄が違う、という姿勢のようです」

これに蓮珠が顔色を変えた。

「……それが理由であるなら、礼部が言うことが正しいです。礼部は過去の様々な儀礼で使われた物を保管しておりますが、国家祭祀にあたる儀礼で使用するものに修復や新調の必要が生じた場合、それを仕切るのは太常寺にございます。ですが、太常寺という部署は、依頼されることによって動くのです。今回の場合であれば、後宮の供人の上衣を太常寺に依頼すべきは……後宮を取り仕切るわたくしの役目にございました」

皇后は、後宮の最高位であり、皇帝から後宮の管理を任されている身である。身代わりとはいえ、蓮珠は役割に対する責任感が強い。眉根を寄せて、俯く姿が痛々しい。

「……待て。お前だけの責任ではない。そのために後宮には管理側の仕切りも置いているんだ。紅玉、大至急で高勢に文を。礼部が配布しない理由を伝え、問い合わせの返答はいいから、明朝早い時間に玉兎宮に来るように書いておけ」

翔央の言葉を受けて、紅玉は近くの台で後宮管理側の長である高勢宛てに用件をしたためる。

「英芳兄上より前に御陵に入られたのは……呉太皇太后か。供人の上衣の色が例年と異なっていたかどうかまでは、覚えていないな」

翔央がそんなことを言って小さく唸る。そこに紅玉が封書を差し出すと、封書の裏書に手早く金烏の絵を描いた。

「秋徳《しゅうとく》、お前は急ぎ李洸と白鷺宮に話をして、至急皇族側の供人の上衣はどうなっているか確認させろ。供人が一人も出せないとなると、最悪今回の御陵参りは中止になる」

翔央がよく通る声で自分の太監を呼び寄せて告げた言葉に、封書を持って部屋を出ようとした紅玉は、思わず足を止めた。

「はっきり言って、貴人と呼ばれる者は皆、供人なしに遠出はできないからな」

翔央がため息交じりに言うと、玉香が誰に言うでもなく呟く。

「……どうあっても、姉の前には立てませんか」

姉の范才人は皇妃として葬儀が行なわれたため、その葬送儀礼は皇城内で行なわれた。その時すでに一時の皇妃の身から外れていた玉香は、これに参列する資格がなかった。だからこそ、蓮珠は下級官吏を後宮書記官に召してまで、彼女を御陵参りに——姉の元に——連れていこうとしていた。

自身も妹を持つ身だからなのか、紅玉から見ると、蓮珠はどうも家族や兄妹、姉妹の話に親身になりすぎる。

今も玉香の手を取り、力強く言ってしまう。

「必ずなんとかします。わたくしは、絶対にあなたを御陵参りに随行させると決めているのですから」

蓮珠本人は、厄介ごとが勝手に飛び込んでくると言うが、紅玉の目には、自ら厄介ごとに突っ込んでいっているように見えてならないのだ。

■　五　■

翌朝、朝食を済ませたところで、玉兎宮に客人が来た。

「これは、高勢殿。お時間いただき申し訳ないです」

蓮珠が皇后として、後宮管理側の長である高勢を正房の奥へ迎え入れる。

「お疲れのようですな、皇后様」

「少々寝不足なだけです。考えねばならぬことが多かったので」

化粧でごまかさずとも、蓋頭《がいとう》があるので顔色や表情を人前に晒さなくて済む蓮珠だが、返す声には隠しようのない疲れがにじみ出てしまっている。

「話は伺っております。……困りましたな。このたびの御陵参りは、お戻りになる蟠桃公主様がご覧になるわけですからな」

今回の御陵参りには、国賓が参詣する。一人は相国から威国へ嫁いだ蟠桃《ばんとう》公主、もう一人は蟠桃公主の嫁いだ相手である威国蒼部族の蒼太子《そうたいし》だ。後者の訪問は参詣以上の意味を持っている。

西金の一件により、相国は白龍河を挟んだ対岸を領地としていた山の民と縁ができた。これにより白龍河に大型の輸送船を出しても襲われる危険がなくなったため、白龍河で本格的な水運による大規模貿易を展開させる目途が立ったのだ。そこで、大陸東部の黒龍河で大型輸送船を使った貿易を展開している蒼部族に、造船技術の提供を打診している。

自国の公主が嫁いだ先の部族という縁と、大陸の東西に離れているため競合しないこともあって、交渉は今のところ順調に進んでいる。だが、その裏で、相国の一部には文化水準の低い（と思っている）威国から技術提供を受けることに反発も出ていた。また、蒼部族側も、相国民をはじめとした高大民族が北方民族をどう思っているかは、同じ民族である東方大国の凌との貿易で十分に知っているため、技術を教えるのはうまくいかないだろうと考えており、最終的な合意に至っていない。

蒼太子が妃の里帰りに同行するのは、相国内の状況を見定め、造船技術提供の最終判断をするためではないかというのが、相国内での見方である。

今回の国賓応接は、出迎えから送り出すまで気の抜けないものになるだろう。紅玉は、双子からそのように言われている。

「御陵参りに人を出せないとなっては、威国側の心証に影響しますから……」

蒼太子訪問の重要性を理解していることを示すために、蓮珠は高勢にそう返す。

「では、今から上衣を間に合わせるのであれば、供人の人数を絞りませんか？」

お互いが問題の重要性を共有できていると確認した上で、高勢から具体的な提案がなされる。だが、皇后はこれに首を振った。

「それでは、行けるはずだった皇妃で行けない方が出てしまいます。できるかぎり、皆を連れていくことこそ、今回の参詣で示すべき相国の誠意となるはずです」

英芳の薨去は、大逆を犯した処分の結果である。そのため、大々的に発表されなかったし、葬儀も元宮持ちの皇族としてはありえないほど小規模だった。

葬儀そのものを、蟠桃公主は知らなかったほどに。

嫁いで以降、叡明の即位礼でさえ帰国しなかった蟠桃公主が、今回の清明節に里帰りを強行したのは、なにも知らされなかったことを相当怒っているからだというのが双子の統一見解だった。

だからこそ、妃嬪の大半が本当は范才人の墓参を目的としているとしても、相国として英芳の死を蔑《ないがし》ろにしているわけではないのだと示すためには、今回の御陵参りを盛大なものにする必要があるのだ。

「それは理解しておりますが、今から太常寺を経由して綾錦院に上衣を作らせるのであれば、どうしても時間がかかりますぞ」

高勢の指摘に、蓮珠が紅玉を振り返る。紅玉はあらかじめ頼まれていたとおりに、書斎から清書された書類の束を持ってくる。

「これはどういう？」

紅玉とて蓮珠ほどは官吏のやり方を理解しているわけではない。それは、高勢も同じのようだ。目の前に示された紙の束に、老太監は首を傾げた。

「皇后の予算の中に『各種行事のため』と使用用途が限定されているお金があります。おそらく本来であれば、国賓をお迎えする際に贈り物をするための予算です」

皇后にあるまじきことだが、蓮珠は長い袖を軽く押さえて、自ら書類の内容の説明を始めた。

「ただ、そこまで細かく用途を規定されてはいません。つまり表向き、行事に使うのであれば、皇后はそのお金をどんなふうに使っても問題ないことになっている。なので、今回の清明節のために使うことにしました。後宮が……いえ、皇后が供人の上衣を直接綾錦院に発注します。太常寺を通さない分、時間を短縮できますし、金銭を動かす過程も減らせます」

紙束は、蓮珠が寝不足になってまで書いた綾錦院への依頼書だった。

今回の件、本来ならば皇后から後宮管理側に上衣を作らせるように依頼し、後宮管理側が太常寺に御陵参りの供人の人数分の上衣を作るように注文をする。そこから太常寺が上衣を綾錦院に注文する旨を行部に提出。行部は、太常寺が綾錦院に注文する内容に不備や不正の抜け穴がないことを確認し、太常寺が綾錦院に注文するのに必要な予算を財務を担当する部署から出してもらえるように決裁を回す。予算を受け取った太常寺が綾錦院に正式発注を掛ける。受領した綾錦院で上衣が作られ、太常寺に納品される。太常寺から上衣製作を依頼した後宮管理側に渡され、ようやく供人の手に上衣が配布され、各自が自分用に着丈袖丈の調整を行い、御陵参り出発の本番に備える。上衣は、このように多くの部署を経て、ようやく手元に来るものなのだ。

ただ、綾錦院は、官営の紡績工房として、皇族、大臣、高官が使用する高級な絹織物を作っているが、特定の部署の下部組織という位置づけではない。だから、皇族であれば、必要に応じて綾錦院に衣装の製作を直接依頼することができる。そこから、時間短縮のために皇族として綾錦院に上衣の作製依頼を行なうことを、蓮珠は考えたのだ。

現在の相国で、皇族と呼ばれるのは、皇帝とその兄弟、あとは皇后だけだ。妃嬪は皇帝の妾であって皇族の権限はない。これは、皇后だからできることだった。

「……これはいい。これなら部署間の調整は不要。綾錦院にこの上衣の製作依頼書を出せば、出来上がりを待つだけですからな。よくこのような手を思いつかれましたな」

書類の束の説明を聞いたあと、高勢が低く笑う。

「わたくしの宮には、元官吏だった女官がおります。彼女から提案を受けただけで、わたくしの手柄ではございません」

他人事のように蓮珠が皇后として応じる。紅玉としては感慨深い。初めて身代わり皇妃となったときから一年弱、蓮珠は、本来の自分を他者として語れるようになった。幼い頃からそういうことをしれっとやってのけた叡明はともかく、翔央だって何度もの入れ替わりを経てできるようになったことだ。

「では、高勢殿。今回はこちらの内容で進めていくということでよろしいでしょうか」

問われて、高勢が頷く。後宮管理側の長は、高勢だ。彼も同意すれば、今回の案で進めることが後宮の総意となる。

「今回の件は、我々の側としても不手際がございました。皇后様のご提案がなければ、この老骨も首なしになるところでした。発注はこちらで綾錦院に出しましょう」

高勢が指定した通りに朝早くから玉兎宮に来たのは、今回の件が後宮管理側にとっても咎《とが》められる事案になるからだった。今回の御陵参りで供人を出す人数が一番多いのは、後宮である。それなのに、供人の上衣が配布されていないことを後宮管理側も把握していなかったことは、明らかな失態だ。ここで、皇后案にまったく関与しないことは、故意の失態ととられかねない。皇后からの上衣の発注書を、管理側から綾錦院に提出することで、高勢は表向き皇后と一緒に考え、失態の埋め合わせをした形がとりたいのだ。

蓮珠は高勢のそうした考えを理解し、受け入れた。

「そうですね、お願いします。高勢殿には、まだまだ後宮を見ていただかないと困りますから。……そうだ。明鈴、銀環をこちらへ」

蓮珠は、書類を高勢に渡そうとして、思い出したように控えていた女官を振り返る。指示を受けた明鈴が、手にしていた布袋を蓮珠に差し出した。

「配布後の各人の手直しもございます。すぐにでも動いたほうがいいでしょう。綾錦院に依頼を掛けると同時に、材料調達に必要になる金銭を……」

高勢に説明しながら袋から銀環をいくつか出したところで蓮珠の手が止まった。

「……よく考えたら、主上にお話ししておりませんでした。さすがに主上にお話ししないわけにはまいりません。高勢殿、申し訳ないのですが、綾錦院の者には、この内容で心づもりをお願いしておいていただけますか」

蓮珠は袋に銀環を戻すと椅子を立ち、再び明鈴に指示を出す。

「璧華殿《へきかでん》へ伝書を。金烏宮でお話しするお時間をいただきたいと」

明鈴が部屋を出たのを確認すると、今度は紅玉を呼び寄せる。

「新しいお茶を……」

紅玉は、歩み寄ってきた蓮珠の指示を受けて一礼する。

「紅玉さん、先ほどの銀環、贋金が混ざっています」

姿勢を戻す刹那、紅玉だけに聞こえるように低く小さな呟きが発せられる。

「……畏まりました」

互いに少ない言葉で話を済ませる。

行部での贋金騒動の際に蓮珠は、銀環の官製、私鋳を見分けていた。おそらく銀環を手にした時、気づいたのだろう。緊急対応を要する何かあれば、それを引き受けるのが紅玉の役目というのは、初期の身代わり時から変わらない。

紅玉は新たなお茶を淹れるよう厨房に指示を出しに行く振りをして、正房を出た。素早く伝書を用意し、しつけた小鳥の足に括ると璧華殿にある皇帝執務室へ向かわせる。

「こういう時に玉兎宮を離れられないのはつらいわ。……あと一人か二人、蓮珠様を任せられる者がほしいけど、難しいところね」

璧華殿方向に飛んでいくのを確認し、厨房へと身を翻す。短い時間でやらねばならないことが多い。紅玉は自ら璧華殿へ行けないことをもどかしく思った。

玉兎宮の女官は、あくまでも威皇后に仕える女官だ。紅玉のように、蓮珠に仕えているわけではない。かといって、安易に宮付きから昇格させるわけにもいかない。

蓮珠に仕えるということは、身代わり劇の裏側を見せることでもある。だが、後宮女官になるような女性は基本的にそれなりの家の息女である。紅玉だって名門張家の養女とう安心の証明書がついている。すなわち、誰もが地位のある『家』の出であるために、どうしても派閥が絡んでくる。そうなってくると、双子の絶対的な味方となってくれる女官を選ぶのは至難の技だ。

だいたいどの宮付き女官も、その宮の主たる妃嬪の派閥から入れるのが通例だ。威皇后は、相国出身ではないから派閥を背景に持たない。その分、今の玉兎宮は特定の派閥に偏らないように女官を入れているので、紅玉以外に張家からの女官を入れることもできない。

「一概に蓮珠様が厄介ごとを呼びこんでいるとは、言えないわね」

今上帝の御代となって、もうすぐ三年になる。まだ、在位年数が片手に満たない。双子は呉太皇太后に阻まれて、国内に地盤が築けなかった。だから今でも、確実な味方と言える者が少ない。常に厄介ごとに囲まれた状態なのだ。

「あと一つ、二つくらい派閥をこちら側に……」

そんなことを呟きながら側廊を歩いていると、門のほうから数名の女官が駆け込んできた。紅玉は厨房へ向かわず、すぐに側廊から院子（中庭）へ出て、彼女たちに声を掛けた。

「なにごとですか？」

「失礼いたします。皇后様に大至急で確認したいことがございまして、参りました」

見れば、いずれも宮付きの女官である。数えると五人いた。どうやら、皇妃が押しかけてくる、その前駆のようだ。

またしても、厄介ごとが玉兎宮めがけて飛び込んできたということだ。

■　六　■

前駆とあまり間を置くことなく予想通り五人の皇妃が玉兎宮に乗り込んできた。

蓮珠は正房の長椅子に腰かけて、それを迎え入れた。長椅子の傍らには高勢が立っている。皇后だけでなく、管理側の長までその場に居ることで、乗り込んできた皇妃たちの勢いは少し削がれたようだ。

「そろいもそろって、急のご訪問。よほどのことがありましたか？」

長椅子は上下関係を示すものでもある。そこに座るのはこの場で一番の高位。その前では、皇妃であっても跪礼しなければならない。皇后に見下ろされながら、五人の中では一番位の高い楊昭儀《ようしょうぎ》が口を開いた。

「皇后様にお伺いいたします。……御陵参りの供人のお衣装の手配がされていなかったとは、本当のことでしょうか？」

これに長椅子の傍らに立つ高勢が眉を寄せる。紅玉も同じ気持ちだ。昨日の今日で、どこからそれが漏れたのか。そもそも話を持ちこんだのは張婉儀だが、彼女が皇后が動くよりも先に後宮内に噂を流すとは考えにくい。

そうなると……。紅玉は周囲を見回す。皇后の居所である玉兎宮に仕える女官は、けっして少なくない。本来の皇后である冬来自身が望まなかったために、多くの人員を配しているわけではないが、皇后宮としての品格を保てるようにはしている。皇后はその日の衣装を選ぶにも、装飾品を選ぶにも、それを担当する女官が要るものなのだ。

情報が漏れたとすると、まだ信頼できるか見定め切れていない新参の女官が怪しいが、蓮珠が皇后の身代わりをし続けなければならなくなったことで、玉兎宮は一部を除き、ほぼ女官を一新しており、その数は十名を超える。

「……正直に答えましょう。供人の上衣の手配はしておりませんでした」

あっさり認めたことに、乗り込んできた皇妃たちが一様に呆然とする。いち早くそこから脱したのは、楊昭儀だった。さすが高位の妃嬪。対応力が備わっているようだ。

「皇后様、これは大問題です。父からも今年の御陵参りは必ず参詣するように言われております。最終的には、後宮の妃嬪全員が参詣することになると思われます。これに伴う供人は、例年よりも多くつけなくてはなりません。なのに、上衣がないなんて……」

楊昭儀の言う『後宮の妃嬪全員が参詣することになる』は、誇張とも言い切れない。高勢と皇后との間で話されていたように、今回の清明節は威国からの国賓に見せるという側面が強いからだ。参詣する者が多いほど、御陵参りの列は見栄えの良いものになる。

「ええ、存じております。このたびの御陵参りは、この国の貿易を発展させられるかどうかの重要な分岐点となることを」

冷静に応じる皇后に、楊昭儀が苛立っていた。彼女としては、玉兎宮に乗り込んで皇后に失策を突きつけ、勢いよく責め立てるつもりでいたのだろう。なのに、皇后が落ち着き払っているので、無闇に文句を言っているだけという構図になってしまっている。

「では、どうなさるおつもりですか！」

苛立ちを隠さぬ楊昭儀の叫びに、蓮珠が絹団扇の裏で小さく呟く。

「なるほど。……これも目的のひとつですか」

蓋頭の下、わずかに見える唇が笑みを作った。紅玉には、蓮珠が何に気が付いたのかわからなかった。

乗り込んできた皇妃たちを安心させるためか、皇后は常にはないやんわりとした声で、五人を宥めた。

「大丈夫ですよ。……わたくしが、皆を御陵参りへ連れていきます。その手配はすでに済ませてあります。国賓のお二人に相国の誠意をお見せいたしましょう」

後宮の最高位である皇后から、すでに手を打ったと言われては、五人はそれ以上の文句を並べるわけにいかない。押し黙る皇妃たちに、蓮珠がさらにたたみ掛ける。

「そのために、皆様にもお手伝いいただかないとならないことがございます。でも、ご安心ください。皇妃としての教養に溢れた皆様であれば、けっして難しいことではございません。皆で協力し、皆で御陵参りに行きましょう！」

皇后の迫力に交じる、ゆるぎない自信。蓮珠は打開策を思いついたようだ。蓋頭の下に隠れて見えないが、きっと蓮珠は、女官吏・陶蓮の顔をしている。紅玉は、密かにそのことを嬉しく思った。

■　七　■

主上のお渡りのない夜、玉兎宮が寝静まるのは常よりも早い。

その静かな夜に、主の眠る正房から少し離れた西廂房で小さな灯りひとつで動く者がいた。彼女は、倉庫代わりにされているその部屋に置かれたいくつもの箱を開けては中身を確認する。やがて、ある箱の蓋を開けると声を殺して口角を上げた。

「見つけたぁ。……御陵参りになんて行かせるもんですか。これで……クフッ」

彼女は声を極力潜めて言ったが、喜びを隠しきれないのか、語尾に笑い声が混じる。

紅玉は知っていた。彼女は思っていることが表に出やすいのだと。

「そこまでにしてもらいましょうか、明鈴」

大きく震えた手から小刀が床に落ちる。

「紅玉殿……？」

「上衣の箱の蓋を戻してください。……あなたと違って、供人を志願した者たちはそれぞれに御陵参りに行きたいと、強く願っているのだから」

紅玉は床に落ちた小刀を拾うと、箱の中を確かめる。

「上衣は無事ですね。……間に合ってよかった」

箱には、この日の夕刻にどこよりも早く綾錦院から届けられた供人の上衣が入っている。

紅玉は、問題ないことを確認して、そっと蓋をした。

「この春から後宮に入ってきたあなたは知らぬことではあるでしょうが、皆さん、今回の清明節にどうしても会いたい方がいらっしゃるんです。皇后様は、その皆さんの心を酌んで、御陵参りに連れていこうとされているの。毎年の行事ではあるけど、今年の清明節は、特別なものなのです」

箱を背にして明鈴から守るように立つ。睨みつければ、明鈴が怯えた顔で後退る。紅玉の狙い通りに箱から距離を取らせることができた。小刀は回収したが、明鈴の持つ蝋燭は、まだその傍らにある。火を掛けられては、ひとたまりもない。さすがに火事を出すわけにいかないから小刀を使おうとしたのだろうが、追いつめられた人間は自身の危険も顧みなくなるから用心に越したことはない。

「この小刀で切り裂こうとしたのですか？　悪戯《いたずら》で許される範囲を越えていますよ」

紅玉は、相手がどこまで自分のやろうとしていることの影響を知っているのか量るために、かなり手ぬるく、先輩女官の顔で叱責をした。

脅しかけるだけが手立てではない。人は、許される・見逃されると思うと、自分を正当化するために、自らやろうとしていたことを口にしてしまう傾向がある。

「私の知ったことではないわ。……御陵参りを潰したいだけだもの」

明鈴は、自分の思い通りにいかなかったことへの苛立ちを隠さない。

「あなたは里帰りするのだから、いずれにせよ御陵参りには関係ないのでは？」

そもそも明鈴は、自ら里帰りの申請をして許可をもらっていた。強制参加ならともかく、元から参加しないものを何の目的で潰そうとしていたのだろうか。紅玉は踵《かかと》で上衣を入れた箱を動かす。少しでも明鈴との間に距離を取りたかった。

「大ありよ。御陵参りには潰れてもらわなきゃ困るのよ。前金は銀二環。皇后を御陵参りに行けなくすれば、あと銀三環はもらえるはずだったんだから！」

「金目当てですか。……玉兎宮の女官の待遇は、他の宮と比べてそう悪くないと思いますが？　あなただって、お優しい皇后様に仕えられて幸運だと言っていたのに」

御陵参りを潰しておいて、全体で銀五環とは低く見られたものだ。命じた者は、たいして期待していなかったのかもしれない。紅玉が悪事の依頼相場を考えていると、明鈴が急に声を荒げた。

「なに言ってんの？ お優しいだけなんて最悪じゃない。後宮の頂点にいる皇后の宮付き女官になったっていうのに、簪《かんざし》の一本も与えられないなんて、なんのうま味もないわ！ 食事なんて下賜されても食べたら終わりでしょうよ。だいたい、清明節に里下がりするって言ったのに、旅費を出さないどころか、土産のひとつも持たせないとか……本当にあり得ない。所詮は野蛮な民族のお血筋ってことなのね。文化人の振舞いってものを理解していないんだから。もらうものもらって後宮を出たら、戻るつもりもなかったわ」

吐き捨てる口調で一気に言ってから、明鈴は鼻を鳴らした。

「どっちにしても未遂よ。なにもやってないんだから戻らせてもらうわよ。銀二環でもそれなりに楽しめるもの。里帰りもさせてもらうわ」

呆れたことに、明鈴は紅玉が自分を見逃すと思い込んでいるようだ。未遂であろうと、皇后の御陵参りを妨害しようとした時点で充分に罪なのに。

側房を出たところで取り押さえれば、蝋燭をうまく院子の石畳に転がせる。そうなれば、火事の心配はなくなるだろう。紅玉は取り押さえる機会を見定めていたが、明鈴のほうは、見逃されて当然という顔で部屋を出ていこうと引き戸に手を掛けた。

だが、それが表側から開けられる。

「あなたが行くべきは実家ではありませんよ、明鈴殿」

引き戸を入ってきたのは、官服姿の范玉香だった。驚きで動けない明鈴の手から蝋燭を取ると、微笑んだままその手を背後に振った。

「上衣は最終的に供人の手に渡りますが、皇后の発注で作られた以上、その箱の中の上衣は御物《ぎょぶつ》です。御物というものは、傷つけようとした時点で罪を問われます。……実行したかどうかではないんですよ」

皇帝、皇室の所有品を御物という。その窃盗は大逆に等しく、傷をつけようとするだけで重大な罪となる。

「ぎ……御物を傷つけようなんて、そんな大それたことしてないわ。……箱の中を確認していただけで、触れてもいないのよ！」

慌てた明鈴が玉香に詰め寄り、必死に訴える。

「そうですか。……まあ、あなたを探していたのは別件なので、ここまでとしましょう。金庫の中から帳簿に書かれていないお金が出てきました。皇后様と相談して後宮警備隊に来ていただいたんです。この件について、ぜひあなたのお話を伺いたい」

玉香はあっさりと御物の件の追及をやめると、自分の官服を掴んだままの明鈴に顔を近づけて言った。

「なぜ、私……？」

明鈴は純粋に驚いていた。

「金庫の帳簿に記載されていた筆跡は、あなたのものだったからです。……私は、筆跡を見る目は持っておりますので、すぐにわかってしまうんですよ」

贋金の件を調べていた玉香は、すぐに明鈴に目をつけていた。毎日つけているはずの帳簿には、出所不明の銀二環について書かれていなかったからだ。

「これは私の想像なので、間違っていたら否定してください。……あなたは女官が持っているには不自然な大金の保管場所として、玉兎宮の金庫に隠すことにした。当然ですが、このお金は、帳簿には書かれていない。中身が一時的に増えても、自分が加えた分を回収すれば、帳簿どおりになるわけですから。いかがです？」

問われた明鈴が玉香から身を引き、距離をとる。

「きっと書くときに数え間違えただけですよ。だって、玉兎宮では銀環が束になっていなくてばらばらのまま袋に入っているんです。銀環の一つや二つ、数え間違えてしまってもなにもおかしくないじゃないですか」

何のために帳簿をつけていると思っているのだろうか。紅玉は呆れながらも、玉香と視線を合わせ、お互いに『重要な一言』を聞き出せたことにうなずく。ここまでくれば、この茶番劇も、あとは終幕作業を残すのみだった。今回は玉香も追いつめるのをやめず、自ら歩を進めて、明鈴に迫った。

「あなたが言うように帳簿を書き間違えていたのだとしたら、それはそれで帳簿を預かる女官として一大事なんですが。……でも、今の言葉で、これがあなたのものだと確信しました」

玉香は手にある銀二環を、明鈴に示した。

「なぜ、私……？」

先ほどと同じ言葉だったが、その声は驚きでなく怯えを滲ませていた。

「あなたが口にするまで、私は出てきたお金が銀環だなんて一言も言っていませんよ？」

玉香は楽しそうにほほ笑んでから、銀二環を後宮警備隊の者に渡した。

「返してよ！　それは私のお金よ！」

もう隠すことなく叫んだ明鈴に、紅玉は告げた。

「ご安心を。明鈴殿も行く先は一緒ですよ」

部屋に入ってきた後宮警備隊員二人で明鈴を両側から取り押さえて連れていく。主上のお渡りがない静かなはずの玉兎宮の夜が、ずいぶんと騒がしいものになってしまった。

「終わりましたか？」

側廊の陰から皇后が姿を見せる。

「はい。宮内をお騒がせいたしました」

紅玉は、玉香と並び、その場に跪礼する。

「よいのです。……わたくしが出る前に終わらせてくれましたから。二人とも、本当にありがとう」

騒ぎで他の女官たちも部屋から出てきていた。蓮珠はあくまでも皇后として二人を労《ねぎら》った。

「あとは後宮警備隊に任せましょう。……これで終わりだと、そう思いたいですね」

後宮警備隊が明鈴を連れて門を出ていくのを見送り、蓮珠が呟いた。そう簡単ではないと、蓮珠もわかっているのだろう。

明鈴は、あの銀環が贋金であることを知らなかったのだ。自分の管理している金庫の布袋に銀二環を入れたのは、官製銀環である限り、どの銀環でも見分けがつかないから……というのも理由の一つだったのだろう。

贋金は、所持しているだけで罪を問われる。今回の上衣の件で捕まらずとも、いずれ明鈴は、贋金所持で捕まっていただろう。銀環のままでは使い勝手が悪いから、後宮を出たら早々に銅銭に替えに行ったかもしれない。そうなれば、事の露見はそれほど先のことではなかったように思われる。

■ 八 ■

その日、威国からの国賓が都入りした。栄秋の街門から宮城へ向かう大通りの両側を見物人が埋め尽くし、先頭に並び騎乗する蒼太子と蟠桃公主を歓声で迎えた。蟠桃公主の堂々たる騎乗姿に、一部の栄秋の民から「お変わりなく！」と嬉しそうな声が上がったという。これに蟠桃公主は笑顔で手を振って応えたのだとか。

白鷺宮が、帰国の挨拶で玉兎宮を訪れて、そんな街の様子を聞かせてくれた。

「威国の一団の後ろから栄秋に入った我々には『お疲れ様でした』という声が幾度か掛けられましたよ。栄秋の者たちは、蟠桃公主様のご気性をよくご存じなのですね」

従者姿の冬来がしみじみと言うと、頬杖をついた叡明が口角を片方だけ上げる。

「長く栄秋に暮らしている者なら、姉上が『暴れ馬』だったころを知っているからね」

白鷺宮として玉兎宮を訪れた叡明だったが、事情を知っている者しかいない場では、彼といえども、気が抜けるようだ。いや、栄秋の街の人々が言うように、かなりお疲れで、それゆえに気が緩んでいるのかもしれない。紅玉は新しい茶を淹れようかと皇帝のお付きで玉兎宮に来ている秋徳に目配せする。

　夜には歓迎の宴会が催されることになっているので、威国側は、今頃杏花殿で到着後の荷ほどきや馬の手入れを行なっているはずである。この貴重な外交の空き時間に、叡明、冬来だけでなく、翔央までも玉兎宮を訪れていた。

「かつては、愛馬に跨り、宮城の外に出られた蟠桃公主様をお探しすることが、中央の新人官吏の洗礼式でした。わたしも何度か官服のまま栄秋の街を走り回りましたよ」

　事情を知る者しかいない場なので、蓮珠も蓋頭を外している。

「愛馬といえば……。蓮珠、杏花殿の厩の件、蒼太子が大変お喜びになっていたよ。愛馬との距離が近いから安心できるって。あれは、いい案だったね」

　珍しく叡明が、蓮珠を褒めた。そうは言っても、杏花殿の厩は、先日の贋金騒動の副産物だ。その場の全員が本題に入るべく視線を交わす。

「玉兎宮の侍女の動機は、前回の工部の男と変わらぬ個人的なものだ。だが、個人的な動機を利用されただけなのだろうね」

　翔央が言い、叡明が頷く。

「清明節は栄秋の人の出入りが一年の中でも最も激しい時期だ。現状に不満を持つ者に悪事を唆し、その報酬に贋金を与え、そのまま宮城の外へ出すことが目的だったかな」

「市街で使われたなら、宮城から贋金が出てきたと騒ぎになります。相国貨幣の信用失墜が最終的な目的でしょうか」

蓮珠はそう言ったものの、少し懐疑的な表情をする。

「どうした?」

「……いえ……相国貨幣の信用を失墜させたからといって、誰にとってどう得になる話なんだろうって」

翔央の問いかけに、蓮珠が実に陰謀慣れした疑問を口にする。

「そのあたりは、范家のほうでも調べを進めております」

加わった声の主は范玉香だった。人払いを指示していたが、彼女だけは例外で玉兎宮に来たら通すように言ってあった。表向きは、国賓のお迎えで都を空けていた白鷺宮に皇后自ら供人の上衣を渡すため、綾錦院に受け取りに行かせていたからとなっている。

白鷺宮は宮妃がおらず、護衛は冬来でことが足りている。そのため供人は、白鷺宮本人(と言っても、叡明ではあるが)が乗る馬車の御者と現地での馬の世話係、従者とは別に身の回りの世話をする太監の白染《はくせん》と従者の冬来だけだ。これは、全宮の中でもっとも少ない人数である。そのため、玉香一人でも運べる重さだった。

「こちらが供人の上衣にございますか」

玉香から箱を受け取った冬来が、ふたを開けて枚数を確認する。

「はい。白鷺宮の方々の分にございます」

「配布会形式にしなかったんだな」

冬来の横から箱を覗き込み、叡明がそう口にした。蓮珠が頷いて、その狙いを説明する。

「ええ。今回のような場合は全部が出来上がってから納品の形式は合わないかと思いまして。ひと宮分できるごとに綾錦院から受け取り、すぐに各宮にて丈の調整等を行なっていただきました。また先に調整作業を終えられた宮に、金烏宮と白鷺宮の分をお願いいたしました」

後宮側でできる範囲の仕上げ作業を行なうことで、綾錦院は工房でなければできない作業過程に集中でき、全体の製作期間を大幅に短縮した。職人任せの部分を減らしたことで後宮の出費も抑えられたので、一石二鳥である。

叡明は上衣を手に取ると、広げて眺める。

「白か、なるほど考えたね。これならば、衣を染めなくて済む手抜きでも、最上位の礼をもって国色の白にしたのだ、と言えるもんね。おまけに例年と異なる色で新たに御陵の入られた方への敬意も示せているわけだ」

「さすが、蓮珠殿ですね」

本来の皇帝夫妻の褒め言葉に、なぜか翔央のほうが得意げな顔をする。『もっと蓮珠を労え』と言わんばかりの表情を叡明が呆れ顔で無視して、玉香に声を掛ける。

「范玉香、このたびはご苦労だった。明鈴なる侍女を取り押さえることができたのは、お前の働きによるところが大きい。褒美をやろう、なにがいい？」

　玉香は、すぐさまその場に跪礼した。

「もったいないお言葉です。……ですが、私は皇后様より褒美を先にいただいております。御陵参りに随行させていただけることが、私のいただいた褒美にございます」

　顔を上げた玉香の視線は、まっすぐに蓮珠に向けられていた。

「……そうか。紅玉、冷めたようだ。新しい茶を淹れてきてくれ」

　翔央の指示に一礼して顔を上げると、四人とも紅玉のほうを見て頷いた。紅玉はこれに黙礼してから、玉香を促した。

「玉香様、申し訳ございませんがお手伝いいただけますか」

「もちろんです。……御前を失礼いたします」

　玉香と正房を出て厨房へと向かう途中で、紅玉は足を止めた。それに気づいて玉香が、紅玉を振り返る。

「……どうなさいましたか？」

「玉香様。あなたも、皇后様付きの女官として玉兎宮にいらっしゃいませんか？」

紅玉は、少しだけ高い位置にある玉香の目をまっすぐに見据えた。

先ほどの発言からしても、范玉香は皇后に恩義を感じているのは確実だ。また、その皇后が身代わりの皇后だと知ってなお、彼女は敬意を示している。その上、現在の派閥において范家は皇帝側に近い。玉兎宮でなく蓮珠付きの女官の条件を満たしているのだ。

正房を出てくるとき、ほかの四人の許可は得ていた。自分の真の主を支えるためにも、後宮内に信頼できる味方がもっとほしい。簡単にはいかないだろうが、紅玉はなんとしても玉香をこちら側に取り込もうと並み並みならぬ気合を入れていた。

だが、返ってきたのは、即断即決の一言だった。

「いいですよ」

彼女に迷いが見られた時に、たたみかける言葉まで用意していた紅玉は、快諾されたのに思わず首を傾げてしまった。

「……ずいぶんあっさりとお決めになるんですね。官吏の職を辞することになるのに」

紅玉の疑問に玉香が微笑む。

「いま、玉兎宮の主である皇后様に御恩がございます。……このたびの御陵参りに随行させていただく件だけを言っているのではございません。あの方が、姉の最期を看取り、姉の死の真実を教えてくださったから」

「それを……」

紅玉は周囲を慎重に見渡した。玉香の発言は、皇后が身代わりであることだけでなく、范才人の最期を看取った者であることを含んでいる。聞く者が聞いたなら、身代わりが蓮珠であることにたどり着かれる可能性もなくはない。

「誰もいませんよ。私も范家の者です。情報の扱い方には慣れております。あと、范家は、特定の人物の動向を調べることもできます。後宮から実家に帰らされて、少し落ち着いたころに、改めて姉の最期を看取った方に話をお聞きしたくて、お時間あるときにお会いしようと探らせました。ですが、そのご多忙ぶりが尋常じゃなくて……」

それは、そうだろう。紅玉は陶蓮珠と出逢ってもうすぐ一年になるが、彼女が暇そうにしていた記憶はほぼない。常になにかしらの厄介ごとに対応させられている、それが陶蓮珠という女性だ。

「行部は基本的には外部とのやり取りのない部署ですから、宮城の外の者になった私では近づけないな……と考えて、官吏になんぞなってみたのです。ところが、今度はなんと陶蓮殿が官吏をお辞めになられて、後宮の女官になってしまわれまして」

「蓮珠様と話すために官吏になってみたなんて……あなたも、そうとう無茶しますね」

何年も科挙に合格できず苦しむ受験生も多いというのに。

「……そんな無茶をする私でも、紅玉殿……あなたのことは、よくわからなかった。張家が後ろにいるのはわかっても、出自も後宮の女官になるまでの経緯もまったく出てこない。徹底して、どこで何をしてきた者なのかを隠されている。だから、私はとても警戒しておりました」

今度は、玉香のほうから紅玉の目をまっすぐに見据えてくる。

「皇后様の周辺が味方ばかりでないことは知っておりましたから、あなたが皇后様に害をなす者ではないかと疑っていたのです」

あの微妙に棘を感じる発言の数々は、そういう意味での警戒だったらしい。この腹の内を見せない感じは、自分のような影の者に近い気もする。

「今回の件でその懸念は払拭されました。あなたは、少なくともあの方の敵ではないとわかりました。まあ、あの方の直接の味方というわけではないとも思いましたが……」

どうやら、紅玉が直接蓮珠に仕えているわけではないこともわかっているらしい。

范家を継ぐ者は、行商人たちが拾ってきた各地の玉石混交の情報から、確実に玉を拾い上げ、並べた玉から予言に等しい精度でこれから起こることを導き出す。

継ぐ者の才は姉の范才人が持っていたと聞いていたが、妹のほうも父親の范言同様、目の前の情報から玉を見分けることは十分にできるようだ。

「それでも、あの方を守る側であるなら、どうか私も加えてください」

この女性は、蓮珠を自らの主と定めている、それが強く伝わってきた。その決意は、紅玉にとってわからない感情ではなかった。

紅玉はかつて叡明と翔央の二人の泣き顔に胸を打たれたときから、彼らを終生の主と定めている。おそらく彼女の中にあるのも、紅玉と同じ思いなのだろう。

「わかりました。……我々は、あの方を守る、その一点でのみ、絶対の結束と協力を」

紅玉の言葉に、玉香が大きく頷いた。


清明節を目前に控えた春の日、玉兎宮に新たな宮付き女官が入った。

「本日より皇后様にお仕えさせていただきます范玉香にございます」

「心より歓迎します。よろしくお願いいたしますね」

相国皇后を長く支えていくことになるこの女官を、蓋頭を被った皇后とその古参侍女が温かく迎え入れた。

第三話

益者三楽

〔えきしゃさんごう〕

■　一　■

春の嵐が来た。雷光の中、叡明は憤る姉の形相を見て、瞬時に覚悟を決めたらしく、残された左目を閉じた。

「こんのバカ弟！」

「おやめください！」

二つの女性の声に、その場の人々の悲鳴じみた叫び声と雷鳴が重なる。

雷光に少しばかりくらんだ目が、まともにものが見えるようになったところで、どう見てもまともじゃない、外交の最前線の姿があった。

威国に嫁いで蒼妃となった蟠桃《ばんとう》公主の、数年ぶりの帰国を迎える相国側の一団の長である白鷺宮が襟首を掴まれ、掴んでいるのはその蒼妃。さらには、その蒼妃を止めようとした白鷺宮の従者が蒼妃の夫である蒼太子に手首をつかまれ睨み合いをしている。

「……あのなぁ、寿命が縮む思いをさせられたおっさんたちを代表して言わせてもらうが、姉弟喧嘩はもうちょっと場所をわきまえてもらえないかね」

張折は盛大なため息とともに固まったままの四人に歩み寄った。今上帝とその弟の家庭教師だったこともある彼からすると、目の前の姉弟喧嘩は珍しいものではなかった。

だが、次第に遠ざかる雷鳴の中で中央の四人と張折以外は、蒼白のまま皆立ち尽くしている。どこからどう見ても、外交問題勃発の構図だった。

「……姉上、ここは張折先生の言うことに従おう。叱責は場を改めていただきたい」

叡明は襟を掴んだままの姉の手を、そっと解いた。

「……どうして……」

疑問の声が二つ重なる。一つは蟠桃公主の、もう一つは白鷺宮の従者と睨み合う蒼太子のものだった。

「いや、だから……姉弟の話し合いは、場を改めてくれって言ってんだよ」

額に手をやり、張折はボソッと呟いた。

■　二　■

西金の街の喧騒が聞こえる酒楼の一室、護衛武官の筆頭である春礼《しゅんれい》将軍が酒器を高々と掲げる。

「両国のさらなる繁栄に！」

威国使節団もそれを迎えに来た相国代表団も、それぞれに笑顔で手にした酒器を掲げて応じた。

その光景を確認してから、張折は別室へと一人移動する。

この酒楼の最上階に設けられた貴賓室の中でも最も位の高いその部屋には、一つの卓に向かい合わせで座った四人がいる。卓上に並んだ料理にも酒器にも手を触れず、それぞれが自分の膝の上に拳を置いている状態だ。

張折が部屋に入ってきたことで、沈黙が解かれる。口火を切ったのは、四人の最年長でもある蒼妃だった。

「……で、いったいこれはどういうことなの？」

癖の強い髪は威国風に顔の周辺だけ編んで、ほかはそのまま流している。目尻の上がった大きな目と一字眉が特徴的で、何でもない時もこちらを凝視しているように見えるのだが、憤りをにじませる今は、獲物を見据える虎のような視線をしている。

無言のままの弟に、蒼妃は椅子から腰を浮かすと卓越しに顔を近づけた。

「わたしの二大可愛い弟は、威国に嫁いだ今も変わらず白鷺宮と雲鶴宮《うんかくきゅう》なの。その一人である白鷺宮が迎えに来てくれるって言うから楽しみにしていたのに、どうして可愛げのない弟のほうに入れ替わっているのかしら」

「……出会い頭に掴みかかっておいて、なにが可愛い弟ですか？」

「そういう反論が可愛くないっての、叡明。あんたがそんな可愛げない空気をまとっているから、思わず掴みかかっちゃったのよ」

　傍で聞いていると、なんと理不尽な、と思う。だが、この誤魔化せるわけがない状況を、叡明がどう切り抜けるべきなのか、張折も考えを巡らせていると、別の声が入った。

「本当にどういうことなんですか？　……白《はく》姉様は相国の皇后となるべく嫁がれたはずです。それがどうして……従者の格好で……このような男ばかりの集団の中にいらっしゃるのでしょうか。納得がいく説明をいただけるのですよね、喜鵲宮《きじゃくきゅう》殿？」

　七歳年上の蟠桃公主を蒼妃として迎えた蒼太子は、いまだ二十二歳と若い。少年の面影の残るややほっそりとした輪郭に小さな目と小さめの口という小動物のような印象を受ける顔立ちをしている。

　虎にすごまれ、小動物に責められる。すごい絵面だと、張折は元生徒に若干同情した。

双子は十歳で母后を亡くしてから成人するまでの数年間、蒼妃の母である丁妃を養母に育てられていた。

　幼い頃にこの姉の強さを嫌というほど心の深いところに刻み込まれた双子は、成人してからだいぶ時が経った今も、気持ちのうえでは、姉に頭が上がらないのである。

　一方、従者の姿をしている冬来は、威国時代に白公主として数々の戦功を立てたことで、強さを価値基準に持つ威国においては、弟妹から憧れの存在となっていたと聞く。その憧れの人は隣国の皇后となっていると思っていたら、なぜか一介の従者として目の前に現れたのだ。蒼太子の驚きは推して知るべしというところだった。

「……蒼太子、わたくしは叡明様の傍らに控え、その身をお守りするために存在しているのですから、この状況になにも問題はありません。男性の集団の中に居ることも戦場においては日常です。威国に居た頃から珍しいことではないですよ」

穏やかに冬来が蒼太子をなだめるが、嘘偽りない言葉がいつも有効なわけではない。

「つまり、その従者であることが白姉様の日常であるということでしょうか？」

威国の気質からすると少しずれた良くも悪くも冷静で、言葉の端々から相手の心を読み取るのが、蒼太子という人物のようだ。

張折は胃のあたりが痛んだ。軍師時代は『逃げの張折』として、あれやこれやと策を講じて、自国が勝てないとしても負けない戦をしてきた彼も、この戦いにおいては自国側の大敗が決定しているように見えた。

「その右目……。あんたがもう一人の可愛げない弟を手に掛けたってことは、間違いないのね？」

問いかけに頷いた叡明は、言い訳はしなかった。

「そう、翔央じゃなく、僕がやったんだ。帝位簒奪を諦めないあのひ……」

叡明の言葉が、姉に頬をつねりあげられて止まる。

「じゃあ、なんで、翔央の名を汚したのよ。あんたがやったのに、なんで兄殺しの汚名を翔央に着せたの？」

叡明は言葉が出ないまま姉を見つめ返す。

「だいたい……英芳のことだって……どれほどどうしようもない状況でも、あんたならそのご自慢の頭の良さで、どうにかできたんじゃないの？」

蒼妃の大きな目に溜まっていた涙が、叡明の頬に落ちる。

「英芳はね、そりゃあバカな弟だったわ。私だって、子どものころから何度も喧嘩したし、むかつくことだってたくさんあった！　いつまでも権力の頂点に立つことを諦められなくて。……自分だけが兄弟のなかで父親に似ていないなんて、どうでもいいことに引け目を感じちゃって。でも、あんただってわかっていたでしょ？　本当の本当に悪人だったわけじゃない。この国の、皇族に生まれたということが、あいつをあんなバカにしちゃっただけなのよ……」

絞り出すように言葉を紡ぐ蒼妃の声は震えていた。幼いころ、皇族ではなく、ただの姉弟でいられた日々の思い出が、彼女の心を締め付けているかのようだった。

「あんたが上手くやるって言うから……この国を任せて嫁いだのに」

嗚咽交じりの声に、蒼太子が椅子を立ち、そっと妃の背に手を置く。

「姉上、その件に関して謝れないことを謝罪する、ごめん。これが僕の考えられる限り最善の結果だったんだ」

叡明の言葉に、蒼妃が張折のほうを見た。張折は無言で頷いた。

英芳の存在は、やがて国を二分する大きな争いの種になる可能性があった。叡明の言うとおり、情についての問題を考えなければ、あれが最善手だっただろう。張折としては、よくぞあの複雑な状況の中で、最小限の死者数で事が終わったものだと感心したほどだ。

「兄弟間の争いで生死を決することになるのはよくある話です。……それらは現状の説明として納得いくものになっていません」

大人しそうな顔に似合わず、物騒な威国思考の蒼太子が冷静に突っ込んだのだ。すぐさま、蒼妃も同意して顔を上げる。

「そうね。……で、どういうことなの？　納得いく説明をちょうだい」

「ああ、うん。……姉上は良き伴侶を得られたんだということに僕はとても納得したよ」

叡明が若干頬を引きつらせてそう呟いていた。

■　三　■

御陵参りを数日後に控えたこの日、威国からの国賓が相国の都である栄秋に入った。騎乗する蒼太子と蒼妃を先頭に、蒼部族で固められた使節団が続く。大通りの両側には、栄秋の人々による人垣ができていた。

「蟠桃公主様！　御変わりなく！」

蒼妃が蟠桃公主と呼ばれていたころを知る民は、まだまだ多い。その帰国を歓迎する声がそこかしこから上がり、蒼妃も笑顔で応じる。その様子を眺めていた張折は感心するように言った。

「いやあ、嫁ぐ前とまったく変わらない人気ぶりですな」

「……いや、ちょっとは変わっていてほしいよ。姉上が嫁いで四年半だっけ？　僕としては、もう少し落ち着いてくれてもいいと思うのだけど」

張折は叡明の言葉に敢えて応じることはしなかった。双子の家庭教師だった張折は、当然ながら蟠桃公主だった幼い頃の蒼妃のことをよく知っている。彼女の母妃が双子の養育をしていた時期があった関係で、教師として挨拶に伺ったことがある。もちろん、後宮内ではなく、皇帝の居所である金烏宮でのことだ。蒼妃の母妃は先帝の幼なじみで、とても穏やかな性格で知られる人だっただけに、蟠桃公主の印象は強烈だった。

なんと、金烏宮の庭木の枝からぶら下がってのご登場だった。

とんでもなく驚いたが、養い子を多く抱える張家に生まれ育った張折は、やんちゃな子どものすることに慣れていた。そのおかげか、騒ぎも叱りもしなかったことで、なぜか蟠桃公主から双子の家庭教師として認めると言われてしまった。

「かぎりなく昔からお変わりないんだ。これから先もお変わりになることはないだろ」

張折の諦念に、叡明が重いため息をつく。それに気づいたのか、沿道から『お疲れ様でした！』の声がかかった。叡明が白鷺宮として、沿道に手を振って応じる。

あの引きこもり叡明が、馬をゆっくり歩かせる常歩《なみあし》とはいえ、片手を手綱から離しているとは……。おそらくは冬来の指導の賜物なのだろうが、人はやはり成長するものだと、張折が少しばかり感慨深く思っているところで、当の叡明が呟いた。

「栄秋の民の威国への心持ちのほうは、この数年でずいぶん変わったね」

他国の使節団の都入りを見物する民の様子を見れば、その国に対する自国の国民感情というのが分かる。見物人は多く、歓声に雑じるヤジはなく、表情からも歓迎している雰囲気が見て取れた。これなら、威国からの使節団の心証も悪くないだろう。

「……そりゃな。浪費と強権の象徴で存在感がありすぎた呉太皇太后に、姿なき皇后だった朱皇太后。先代、先々代の皇后に比べれば、栄秋の民にとって、威皇后の印象は悪くない。立后式の行列では人前にも出たしな。ああやってちゃんと姿を見せるってのは、民の中に皇后への親しみを生むのに有効だ。必然的に生まれ育ったお国への親しみも出るし、評価も上がる。あとは、このところは威国からの商人も増えて、実際に威国の者と接することで心情に変化が出てきたってのもあるだろうよ。商人は馬に乗って襲ってこないからな。そう考えると、朝議の連中より、街のやつらのほうがよっぽど柔軟な思考を持っている」

張折は沿道の声に応じて手を振りつつ、その見物人たちをよくよく観察していた。

「そうですね。問題は、先生のおっしゃるとおり朝議のほうです。……威国から技術提供を受けるということに反発する者が少なからずおります」

叡明が生徒の口調になる。張折の意見を聞きたいときや、何かに対して思考を巡らせているときなどにこうなることが多い。

「……気になっているのは、銀環の件か？」

沿道の耳目を気にして、贋金の言葉は出さずに尋ねた。

「ええ。工部にあったもの以外にも玉兎宮からも出てきた。……僕が怖いのは、今回の威国との技術提供契約に関わるところで使われることです。そうなれば、大陸全体で相国通貨の信用が失墜します」

贋金が市井のならずどもの中からでなく、宮城から出てきたことが、今回の問題を複雑化させている。経済的な目的ではなく政治的な目的があるように見えるからだ。

「なあ、お前はどこだと考えている?」

張折は元教え子に問いかけた。政治的な目的があるなら、国内なら派閥が、国外なら国そのものが仕掛けてきていることになる。

「まだ見えません。ただ、先生のおっしゃるとおり、『どっち』ではなく『どこか』で考えるべきだとは思っています」

「その『どこか』には、どこまでを想定している?」

「先生と同じく……中央も含んで考えています」

今回、威国と相国の間で技術提供が行なわれる話が出ている。これに対して双方の国で多少の反発が出ているわけだが、だからといってどちらかの国の者が贋金を仕掛けたとは決めつけられない。輸送船の技術提供が行なわれることは、相国と貿易で競合する国からしたら脅威だ。交渉決裂を狙って第三国が仕掛けてくることもあるだろう。この場合、これまでだと華国が一番に頭に浮かぶわけだが、最近は内戦の絶えなかった中央地域にも、国家としての体裁を整えつつある国らしきものが誕生したようだ。まだ、国家として名乗りを上げてはいないが、すでに周辺地域を探っている可能性もある。

「上出来だ。……お客様方を城へ送り届けたら、俺は栄秋府に行ってくる。紅玉が捕まえたっていう女官が移送されているはずだ。動機より経緯が知りたい。女官に接近してきたやり方で、どこの者かわかるかもしれない」

銀環の鋳型は一度に十環生産する。贋金騒動が工部と行部で出た銀十環で終わらず、玉兎宮から二環出た以上、まだあると考えられる。そうなれば、早々にそれらを回収しないとならない。今回はある程度噂が出る段階まで待つこともできない。威国側に相国の銀の真贋を疑われるわけにいかないからだ。

「栄秋に戻ったばかりで申し訳ないですが、よろしくお願いします」

隻眼《せきがん》になった叡明は、どうしても目立つ。以前ほどは気楽に冬来一人を従者に街へ出ることはできなくなった。その分、張折が動くことになるのは致し方ない。

「おう、こっちは任せとけ。……お前は先頭の二人をどうにか丸め込むのに専念しろよ。西金から都までの三日間で納得したようには思えない。特に蒼妃と人前で言い合いになった日には、交渉決裂じゃすまねえぞ。諸々周囲にバレちまう」

「……はい」

ため息よりなお重い返事をして俯く叡明に、再び沿道から『お疲れ様でした！』の声がかかる。

今上の御代は相国建国以来、初めての大国との戦いをしていない時代になった。少なくとも都の民の雰囲気はいい。北東部の街や邑《むら》に残る戦争の爪痕も回復傾向にある。この国は、これからもっと良くなっていくはずだ、と張折は思う。そして、良くするために働くべきは、自分たちのような政に携わる者なのだ。張折は馬上で背を正した。

「何事もなければいいで動くな。何事も起こさないように動くんだ。それが政を担う者の心構えだぞ、忘れるなよ」

張折は馬を並べる教え子の横顔を見る。政道を説くのは久しぶりだった。優秀すぎる教え子で、もう何年も道を説くようなことは言っていなかったが、民の顔が見える今こそ、道を説くに相応しいように思えた。

「はい、先生」

答えた叡明が、見えない先頭の二人を見据えるように馬上で姿勢を正す。そんな元教え子の姿を頼もしく思う反面、貴人の姉弟喧嘩で国政が左右されるなんて、本当に勘弁してくれとも思ってしまうのだった。

■ 四 ■

威国からの国賓を歓迎する宴は、都入りした日の夜に虎継殿《こけい》で行なわれ、最奥に置かれた横長の卓には相国皇帝と蒼太子が並んだ。御前は大きく開けて、左右にそれぞれの国の重臣が並ぶ。扉に近い中央に置かれた簡易舞台では、先ほどから舞や奏楽が披露されている。それを眺めている者もいれば、近くの席の人物と話している者もいた。

料理は貿易都市栄秋に相応しく、相国定番の羊肉料理に加え、魚介類に野菜、果実まで並んでいた。

たっぷりと内側に汁を閉じ込めた小籠包は、食べ慣れていない客人のために丁寧に食べ方を説明して楽しんでもらう。相国を発祥とする揚げ物と炒め物は大陸の逆側ではまだ珍しい料理法なので、大陸東北部の部族である客人の興味を引いたようだった。特に魚一匹丸ごと油で揚げてたっぷりの甘酢あんかけに浸した皿は喜ばれている。大陸の北側は断崖絶壁が続き漁港がなく、威国の大部分は草原が占めている。大きな魚を食べることそれ自体が滅多にないことなのだろう。

張折は、相国側の席では皇帝から一番近い席に座る白鷺宮の後ろの席に座った。本来は正二品では座れない上位の席だが、皇帝の通訳として控えているという体裁でいただいた席だった。相国側の重臣として呼ばれた面々が不用意に言ったことなどが、皇帝の横に座る蒼太子に聞こえないように距離をとらせるための、緩衝材席ともいう。

まだ二十二歳と若い蒼太子だが、外交の場というものを十分に理解しているようで、身代わりの皇帝と並んで座っていることを承知のうえで、皇帝への敬意を払った態度を示してくれている。少なくとも両国の代表の雰囲気は悪くない。

張折は、酒器を手に今度は両国席の顔ぶれを観察する。後列のため相国前列の面々の顔は見えないが、自国の者なので、ある程度情報は握っていた。この時間に見るべきは、相手側の様子だ。蒼太子が造船技術提供を良しとしていても、それが部族の総意になっているかはわからない。もしかすると、蒼太子に気づかれぬように、今回の造船技術提供の件を壊そうと画策している者がいるかもしれないのだ。

「そいつが、もしかすると……」

贋金の件にも関わっているかもしれない。張折はその可能性も考え、酒器で隠した唇をきつく結んだ。栄秋府に行ったが、玉兎宮に居た侍女には会えなかった。行部長官では権限がないという。普段ならそのあたりの融通を利かせてくれる栄秋府の府尹《ふいん》である王閃《おうせん》が公用で不在だったので、押し通せなかった。あまり強く出ると、栄秋府のどこかに潜んでいると思われる何者かによって、元女官が工部の男のように殺されてしまう可能性もあるため、適度なところで引いた。行部の長として贋金騒動に関わるかもしれない人物が少しだけ気になった……ぐらいに留めておいた。今回の件を仕掛けた誰かは、自分が栄秋府に探りを入れたこともすでに聞き及んでいるだろうか。ならば、自分が見るだけでなく、自分を見ている気配も感じ取らねばなるまい。

「西界の港を見せていただきましたが、輸送船に適した造りになっていましたね。港の地図も精密で、どの程度の大きさの船をつけられるかがわかりやすかったです。あのような地図は造船の際には非常に重要になります」

蒼太子も本題である造船技術提供の件に前向きであることを示してくれる。若く明るい声に、場の誰もが蒼太子のほうを見ている。

「あとは、栄秋に来るまでに見せていただいた大型輸送船の船着き場候補地の、水深などがわかるといいですね」

言われた皇帝が相国席のほうを向く。

「李洸、どうだ？」

この問いに、官吏としては最上位席の前列二席目に座る李洸が席を立ち拱手した。

「お出しできます。白龍河沿岸の治水計画のため、毎年測量をしております。最新の記録は、昨年秋のものになります。また、保管してきた記録をさかのぼれば、今後の堆積による水深変化を見越して船を作ることもできるのでないでしょうか」

李洸の回答に続けて、国内全域を対象に測量が行なわれた百年前からの記録が残されていることが別の者から報告されると、蒼太子が感心しきりの様子でうなずいた。

「百年前からの測量記録を保管されているんですね。さすが建国当初から官僚制度が整っていた相国ですね」

記録の保管は、歴史学者と役人にとって仕事の柱だ。短命の王朝が続き、官僚が育たないまま文書が失われると、国は国の形を保てなくなる。国の境があいまいで、どこが誰の土地かわからず、民の数が把握できなければ、税収は見込めない。土地と民が居て、初めて国は国になるのだから。

「太祖の理想が、百五十年経った今も、我々役人を支えてくれているのです」

李洸が当たり障りのない言葉で返した。

太祖の理想を具体的に言えば、貴族階級を作らせず、文官による統治を徹底し、武官を政に関わらせない、となる。そのままを言えば、戦闘部族国家などと呼ばれる威国の太子に対して、失礼な言葉になってしまうからだ。

だが、それだけ気遣って発言する丞相を無視して、余計な口を出す輩がいた。

「戦うばかりの国の者が、我々官吏の仕事を語るなど……。だいたい、測量記録には数字の他にも、岸の形状や土壌の特性など事細かな記載もあるんだ、威国の者が読めるわけがない。資料を出すだけ無駄になる」

礼部の長である于昌《うしょう》だった。一瞬にして場の空気が変わった。相国側が黙ったことで、相国語がわからない威国側の客人たちも会話を止めた。

張折は誰にも聞こえぬように舌打ちしてから、戦場の大号令のごとく声を張った。

「まあ、確かに百年分ともなると今回の滞在期間中では読み切れないでしょうな！」

読めるか否かを量の問題にすり替えた。この張折に意外な方向から声が掛かった。

「大丈夫ですよ、張尚書。蒼部族の造船の歴史は長く、精密な製図の作成はもちろん、前段階の測量資料を読むことにも慣れていらっしゃいますよ」

声の主は、相国側の席にいた。名前は、郭広《かくこう》。今でこそ上級官吏の一人でしかないが、郭の姓を持つ彼は先帝の末弟で、先々帝の第九皇子だ。今上帝とは、その末弟である雲鶴宮と同じぐらいに年が離れていて、年のころはまだ三十代後半。面長で鼻筋の通った顔立ちをしており、下がった目尻と薄い唇に品の良さが漂う。虎継殿の扉に近い席から、簡易舞台で舞う芸妓に軽く手を振りながら彼は続けた。

「威国の造船技術は素晴らしい。さすがは昔から、かの東方大国と貿易を行なってきただけのことはあります。学ぶべきは学びましょうよ。我々、科挙を乗り越えてきた官僚は、学ぶのがお得意じゃないですか」

「なにをおっしゃるやら。蛮族になにを学べと？　郭広殿、見え透いたご機嫌取りなんぞなさいますな」

于昌が頬を引きつらせている。郭広は、官吏として礼部のなかでも外交を担う主客司の職にあったが、この新年の異動で礼部の次官に昇格している。だから、于昌は郭広の直接の上司なのだが、上司に追随する気は郭広にはないようだ。

「……于尚書。ご存じのこととは思いますが、いまこの場所で行なわれているのは、国賓歓迎の宴でございます。そこで、国賓のご機嫌取りより重要なことってあります？」

さすが、宮持ちだった若いころから外交に携わってきた人の言うことはひと味違った。いかに部署の上司であっても、それ以上は郭広に言い返せないらしく、于昌は歯をすりつぶす勢いで唸った後で声を低くして言った。

「威国こそ我が国に学ぶべきではないか。いかに造船技術があろうとも、文化の面ではとうてい我が国に及ばぬものを……」

張折は呆れた。ここまできても負け惜しみが言えるなんて、むしろ賞賛に値する。

「于昌……、ずいぶんと強気だな。よく覚えておこう」

皇帝がそう口にした。于昌が俯き押し黙った。これを見て、郭広が笑いだす。

「あなたは『怒らせていい人・いけない人』を学ぶことのほうが先のようだ」

睨みつける上司を無視して、郭広は立ち上がると、威国語で叫んだ。

『はるか遠方よりいらしたお客人よ、ここはひとつ男舞いもお楽しみあれ！』

言うや、軽やかに簡易舞台に飛び乗ると、流れるような動きで剣舞の型を披露する。ただし、帯刀禁止の虎継殿なので、手にしているのは棍杖だった。

「叔父上らしい……」

白鷺宮としてその場に居る叡明が前列で呟いた。たしかに郭広には昔から場に居る者を巻き込む力が備わっていた。しなやかで力強い回転を繰り返すたびに、威国側の席からも歓声が上がる。

これは、少なくともこの場に居る威国側は交渉に反対しているわけではないだろうな。張折はその考えに至る。ただ、威国は無関係だろうというのは、彼もある程度予想していた。今回の交渉は、威国にとって、ほぼ不利益のない、いい契約だ。反面、相国は長く蛮族の集まりと軽く見ていた国から造船技術の提供を受けることへの、精神的反発が強い。交渉不成立を望む声は、相国のほうが多いと見ていたからだ。

「工部、玉兎宮と奴らの狙いは二つ潰した。……さて、次は何を仕掛けてくるのかねぇ」

前列に座る自国の出席者たちの背中に視線をやりながら、張折は酒を飲み干した。

■五■

威国からの国賓が栄秋入りした翌日。璧華殿の皇帝執務室は、いつにもまして人が押しかけていた。

「白鷺宮様と従者である冬来殿がいるところまでは、まあわかるんですが……。なぜ、蒼太子様と蒼妃様もここにいらっしゃるんです？」

張折は、玉兎宮の元女官の話を聞くため、栄秋府の王閃に連絡を取ってもらうつもりで皇帝執務室に来たのだが、異様な状況に頭が痛くなってきた。

「弟に物申そうと思って、執務室を訪ねようとしたら、蒼太子様が護衛としてついてきてくれたのよ」

蒼妃が胸を張る。言ってることが最初から最後までおかしいと思うのだが、まずはこの状況を受け入れている側に説教すべきだろう。張折は、皇帝の執務机の傍らに立つ男に声を掛けた。

「李丞相、なにを考えているんですか。ここは、相国の中枢の中枢でしょうが……」

「ええ、本当に。……ただ、蒼妃様がなにか発言されるなら、この国で最も安全な場所ではあるんですよ、ここは」

皇帝執務室は、先帝時代に喜鵲宮だった叡明が書斎として使っていた部屋で、皇城内にあって、人があまり来ない場所ではある。部屋の扉は日ごろから閉ざされ、その左右に警備を置いている。扉を開けても、机のある奥に行くには大きな衝立を回りこまねばならないようになっており、安全性はもちろん、誰が中に居るのかもわからないようになっている。また、ここに居るのは基本的に、皇帝、側近の李洸とその部下なので、たしかに、この国の中で最も皇帝の味方しかいない場所と言える。

「蒼妃がなにを言い出すかわからないって、警戒されているみたいだよ」

蒼太子が笑うと、なぜか蒼妃はますます胸を張る。

「警戒するほどでもないわ。今の私は可愛い弟の仕事姿に癒されているから、部屋の外まで聞こえる声を出したりしないもの」

蒼妃のいう「可愛い弟」というのは、皇帝姿の翔央のことである。せっせと決裁済書類を返す部署ごとに仕分けしているつたない姿が、姉である蒼妃の目にはずいぶん愛らしいものに見えているらしい。

一方、皇弟姿の叡明は、皇帝の執務机で、丞相である李洸と各部署から上がってきた書類の内容について話している。衝立付近には冬来が控えているので、誰かが無理やり部屋に入ってきたとしても、この状況が人目にさらされる前に始末がつきそうではあるが、皇帝執務室としてはなんともひどい状況だ。

「……小官はこの珍妙な絵面には癒されませんけどね。で、物申そうとは、どういうことでしょうか？」

まだ色々と姉弟間のわだかまりがあるのだろう。張折は察して自分から蒼妃に用件を尋ねてみた。

「資料を読めるわけがない……みたいなことを言った者がいたんですってね？」

昨晩の宴席の件だった。これには室内の全員の手が止まる。

「そちらの件は……」

翔央が書類仕分けの手を止めて、姉夫婦と向き合う。

あの後の宴は、威国側の者も舞台に上がり、郭広との二人舞いで大いに盛り上がってから終わった。于昌の失言についての謝罪は、国同士の面子という面倒なものがあるので、皇帝と蒼太子という頭同士の間では、直接謝罪は交わされない。百官を束ねる丞相から相手の使節団次席という二番目同士ですでに公式謝罪が終わってはいる。

「誠に申し訳ない。あのような発言をする者がいることを恥ずかしく思う」

翔央が深々と頭を下げると、蒼太子が慌てた。

「いえ、謝っていただくことではないです。実際、威国内で文字の読み書きができる者となると小隊を率いる者より上からです。ただ、今回は武官というより造船に関わる技官を中心にして伺いましたので、資料を見せていただけるのであれば、ちゃんと全部目を通せます……という話をしたくて、蒼妃に相談したら、こうなりまして……」

なるほど、蒼太子としては、自国の船で航行可能な状態か、資料を技官に読ませたかったからこそ、昨晩の話をしたということのようだ。

「おい、小さいほうの決裁済書類仕分け係。測量資料って、中央庁舎保管か、それとも地方庁舎保管か？」

張折の問いかけに翔央と並んで書類を仕分けていた女官が顔を上げる。

「測量資料は二部作成されて、中央・地方のそれぞれで保管されております。中央への報告書類は宮城側の各部署の倉庫に収められており、治水に関わるため工部の倉庫の水部司が使っている棚にあるはずです」

行部を去ってからも仕事ができる時は仕事をするのが信条の陶蓮珠だ。下級官吏時代には、様々な部署を経験しており、どこの部署がどんな資料を抱えているかもよく知っているのだ。

変わらないな、と張折が思う一方で、翔央は感心している。

「蓮珠は、そんな細かい資料の置き場まで覚えているのか？」

「わたしは、かつて工部で水害対策の部署に居たことがあるので、直接測量資料を見たことがあるんですよ。統一した書式があるわけではなく、担当者によって書き方がバラバラなので、年代と場所によっては、資料を読み慣れている技官の方であっても読みにくいかもしれません」

蓮珠の説明に、その場の人間が思っていたのとは違う反応が蒼太子から返ってくる。

「百年も前から地方の役所にまで紙がいきわたっていたのですか？」

相国のある大陸西側は、その多くを高地と山岳地帯が占めている。そのため、紙の材料になる植物が豊富で、高大帝国時代から製紙業が行なわれてきた。相国建国以降も製紙産業は手厚く保護され、現在では用途・品質・等級の異なる数種類の紙を生産している。

「この国では、貴人は貴人の、庶民は庶民の使う紙がある。比べて、威国の中央部は草原が多く、木も水も少ないから製紙業には向いていないね」

叡明の言葉に蒼太子が眉を下げる。

「紙が豊富にないから印刷業も育っていないんです」

製紙業だけでなく印刷業でも、相国は最先端にある。高大帝国時代の印刷といえば木版印刷だったが、相国はこれを銅版印刷に変えた。良質な銅の出る鉱山があるためにできたことである。これも鉱山の少ない威国では難しいことだ。

「蒼妃が威国に持ってきてくれた小説も宮城内では楽しまれていますが、城の外で広がりを見せるのは、まだまだ先だろうと思っています」

蒼太子の話し方は、穏やかに心にしみてくる感じで好ましい。戦闘部族国家威の太子とは思えない気質の持ち主だ。

この人だから、かつては暴れ馬と言われた蒼妃も、ちゃんと夫婦になれたのかもしれない。張折は、やや不敬なことを考えてしまった。

「自分としては、今回の造船技術提供を通じて、相国との縁を深め、製紙業や印刷業の技術を提供いただけたらと考えているのです。このことは、すでに首長からもご許可いただいております。また、連れてきた者たちにもその旨は話しています」

なるほどな、と張折は執務机の叡明と視線を交わす。そういうことであれば、蒼太子が今回の件で積極的な姿勢を見せているのもうなずける。威国の一団が全体として交渉成立に意欲的であるなら、やはり贋金の件を仕掛けてきたのは、相国内か威国以外のどこかだろう。考えていると、蒼太子が小さくため息をつく。

「ただ、読み書きができる民が少ないことだけをもって、文化水準が低く見られるというのは悲しいことですね」

「蒼太子……」

蒼妃がそっと夫に寄り添う。

「毛織物の色彩の素晴らしさや馬具の装飾の壮麗さは威国の誇るべき文化だと、私は思っているよ」

甘やかな声色で言葉を交わし合う若い夫婦から、張折は視線を逸らす。四十も半ばともなると、こういう場面を直視できなくなる。張折は別のことを考え始めた。

相国の者も文化水準に関して、少々複雑な感情を抱いている。大陸において文化一級といえば、高大帝国の文化を引き継いだ華国になる。相国の知識層の多くに『華国には劣るが……』という言葉がしみついている。また官僚国家の相国は純粋な軍事力の比較では、威国には敵わない。そんなくだらない劣等感があるから、文化面では威国には勝っている、という主張をしたがる官吏が少なくないのだ。

そもそも文化とは、その土地に根差した習俗によって育つもので、それぞれに異なっていて当然のものだ。自国の基準を押し付けて優劣を語ること自体が、愚かしいことに他ならないと張折は思っている。

「今回の滞在中に威国らしい文化的ななにかを見せられると、見方も変わると思うんですがね」

蒼太子の気性は、大半の相国民が抱く威国人の印象とは異なっている。実際に話してみれば、『蛮族』などという言葉は出てこなくなるだろうが、他国の皇族だ、庶民と対話させるわけにいかない。だが、威国への見方を変えるとなると、頭の固い朝議の連中よりは、庶民の柔軟さに賭けたいところだ。多くの栄秋の民が威国への好印象を口にすれば、官僚側も少しずつ変わっていくだろう。張折がなにか策がないかと考えていると、軽く袖を引かれた。見れば、蓮珠が張折を見上げている。

「捽脚《しゅっきゃく》はどうですか？」

捽脚は、清明節に行なわれる武官による市中行進だ。禁軍はもちろん、地方守備隊も隊伍を整えて、馬に跨り楽器を奏でながら行進する。栄秋の人々にも人気が高く、沿道は人で埋まるにぎわいを見せる。

「そりゃ、威国の方々は練習なんぞしなくても馬上で楽器演奏できそうだが……、肝心の楽器はどうすんだ。今から人数分用意するなど無茶だろう？」

張折が問うと、蓮珠が蒼太子に問う。

「蒼部族の方々は、つねに笛をお持ちだと聞いております。それは狩りのためだけでなく、祭祀の奏楽や求婚に際して曲を奏でるといったことにもお使いになるそうですね？」

驚く蒼太子より先に、叡明が反応する。

「……よく知ってるな」

「以前、張婉儀様による蒼部族歴史講義を拝聴いたしました」

ここでは女官でも、玉兎宮では皇后の顔も持つ元部下は、後宮での妃嬪との交流もしっかりとこなしているようだ。

「あー、なるほど。すごく納得がいった。彼女なら笛の使われ方の多彩さだけで一刻（約二時間）は語りそうだ」

「ほかの内容と合わせて二刻半、蒼部族の威国における歴史的位置づけのお話をお聞かせくださいました。……わたくし、この国でも蒼部族の歴史に詳しいほうになったと自負しております」

張折は姪の所業に頭を抱えたくなった。身代わりではあるが、多忙な皇后の二刻半を自分の趣味につき合わせるとは……。

「それで、実際のところはどうなのでしょうか？」

叡明が蒼太子に確認すると、蒼妃から捧脚の説明を聞いていた蒼太子が大きくうなずいて見せる。

「彼女の言うとおりです。我々の部族では七つになると自分専用の笛を与えられる。馬と同じくらい長く人生を共にする存在ですから、今回の訪相でも皆が携えています」

言って、蒼太子は実際に持っている笛を出して見せてくれた。大人の男の手のひらに収まる程度の長さの、竹製の横笛である。

「しかし、なにを吹けばいいのでしょうか。祭祀の曲は拍子をとる楽器が必要になりますが、さすがにそれは持ってきていません。笛だけとなると……」

手のひらの笛を見つめ、蒼太子が困った顔をする。

「笛一本……求婚の曲があるじゃないですか！」

またも蓮珠が思い出したように提案する。姪は笛を持っている話に留まらず、個別の曲の話までしていたようだ。

「な、なにをおっしゃいますか！　求婚の曲はそれぞれが伴侶にだけ聞かせる、もっとも個人的な曲で、笛一本で奏でるにしても密やかに吹くものです。けっして多くの人前で奏でていいものではありません！」

蒼太子が顔を赤らめる。張折は、今度は元教え子二人に加え、丞相とも視線を交わす。

この蒼太子の反論からすると、求婚の曲とやらは多分に抒情的な旋律なのではないかと予想される。

現在の相国では、『詞』と呼ばれる、高大帝国末期の民間歌謡につけられた歌詞から発展したものが流行っている。貴人から庶民までが親しみ、酒宴などでも、客と芸妓が合わせて歌うほどの人気だ。その内容はとても感情豊かで、旋律も抒情的である。

つまり、今の相国民の心には、抒情的な曲が響きやすい。まして、求婚の曲なんて、想像するに甘そうではないか。聞いた者の威国民への心証が一変すること間違いなしだ。

「……ないけど」

期待で上昇しつつあった部屋の温度を、蒼妃の静かで低い声が一気に下げた。

「はい?」

ぎくしゃくとした動きで蒼太子が自分の妃を振り返る。

「そんな曲、私は聞いたことないけど? この約四年半、ただの一度も」

床を這うような声は、『蟠桃公主が本気で怒るとき』の前兆である。姉の怖さをその魂魄に刻んでいる双子が、早くも身を引いていた。

「え、だって……僕らの場合、首長のお決めになった婚姻だったわけで、求婚して返事をもらうという流れではなかったわけで……」

声が上ずっているところからすると、蒼太子も彼女の怖さを重々理解しているようだ。

「でも、求婚の曲を知っているし、練習していらしたのよね? ……それで、あなたの求婚の曲は、誰に聞かせるご予定だったのかしら?」

まさに対峙する虎と小動物……二人の間に突っ込んでいく気は、遠慮のない蓮珠でも無理らしい。助けを求めるように目を合わせると、そっと首を振られた。

「まあ、そのあたりはお二人で解決いただく問題として、我々は実際に演奏するときのことを考えておこう」

翔央は蒼夫妻をそのままに、残りの者を執務室の隅へと手招きする。

「捧脚に参加するなら、許可を取るのは兵部か?」

「いえ、儀礼にあたるので、参加の許可は礼部です」

叡明の問いに、蓮珠が即答する。

「礼部か。昨日の件があるし、于昌が口出ししてきそうだな」

翔央が渋い顔をすると、蓮珠がにっこりと笑って張折を見上げてきた。

「そこは、張折様に頑張っていただきましょう」

「俺が何を頑張るんだよ？」

面倒ごとには関わりたくない。張折は全力で嫌そうな顔を作った。

「うまく于昌様を煽ってください。奏楽は官吏の必須教養である六芸の一つです。そこで自分たちが唸るような演奏を威国の方がするなんて、于昌様には想像もできないはずです。……そこをなんかこう張折様の手練手管でどうにかしてください」

なんと丸投げである。だが、確かにこの場でその役に一番適任なのは確かに張折だった。双子の視線が、それ以上の反論を許さない。思うに、この元教え子二人と元部下は、元教師と元上司への敬いに欠ける。

「……許可が下りたとして、そもそもすぐに曲を吹けるのか？」

「たぶんですけど、その求婚の曲がどれだけ個人的なものであっても、お手本となる曲があるはずですよね、きっと。それならば、みなさん吹けるのではないでしょうか？」

今度は元部下に逃げ道を塞がれた。張折は夫婦で向き合っている二人を無視して、衝立の向こうで待機している蒼夫妻の護衛に尋ねてみた。

「たしかに成人する際に教えていただく曲を手本として、みなそれぞれの求婚曲に変えていきます。この手本の曲は非常に甘やかで美しい旋律ですよ」

その回答が聞こえたらしい、衝立のこちら側で蒼妃が肩を落とす。

「ううう……そんな甘さ、私の大好物なのに」

「蒼妃、この旅が終わりましたら、然るべき場所で然るべき時に、曲を贈らせていただきますので」

蒼太子が早口で妻を慰める。それに顔を上げた瞬間は喜色が浮かんでいたが、すぐに冷めた顔に変わる。

「……流されかけたけど、その然るべき時というのが、この四年半なかったんだよね？いつ来るの？　明日？　明後日？　よもや……もう四年半先とかってことないよね？」

「蒼妃のそういう冷静さを、僕は好ましく思っていますよ」

これこそ人前でやる会話じゃないだろう。張折は呆れて、護衛に聞いてみた。

「この二人は、いつもこうなのか？」

「だいたいこんな感じです」

即答だった。

「姉上には最高の伴侶だな。……周囲のため息は多くなるだろうが」

「皇帝陛下。……そのお言葉、大変ありがたく」

衝立の向こう側からの言葉に、みな笑うよりない。

「……僕も笛のひとつでも覚えようかな」

叡明が呟くと、冬来が笑みを引っ込めて首を振る。

「いえ、いいです。叡明様のお気持ちだけ受け取っておきます。それにわたくしは蒼部族ではございませんから、返しの曲を奏でる笛を持っておりませんので」

これに反応したのは、蒼妃のほうだった。

「返しの曲！　じゃあ、私も笛を覚えなきゃ！」

「……白姉様は、口数こそ少ないのに、一言多い気がします」

蒼太子が恨みがましい目で冬来を見る。弟の視線を受けて、冬来が疑問を口にする。

「もしや……そこはご姉弟で似ていらっしゃるのですか？」

言ってから、冬来が「しまった……」という顔で夫と義姉を見比べる。どうやら、この姉弟は音楽関係の才には恵まれていないらしい。

「先帝は芸術の人だったが、その才は、ほぼ秀敬兄上が引き継いだからね。まあ、でも翔央は書画だったら強い。奏楽は……英芳兄上が得意でいらした」

冬来の疑問に答えるように、叡明は表情を変えないまま、自らが命を奪った兄の名を口にした。思いがけず出た故人の名に、室内が再び冷ややかに重く静まり返る。

「英芳の奏楽……もう一度、聴きたかったわ……」

蒼妃が悲しみに満ちた声でそう言う。しばらく口を閉じたのち、悲しみの表情は色を変え、再度、異母兄を弑《しい》した弟に対しての怒りに転じるかに思えた。

「姉上、そこまでです。……あなたの目的は御陵参りでしょう？」

気まずい空気を変えたのは翔央だった。

「ん、そうだった。……では、蒼太子の笛はそのあとの楽しみで」

どうしてもそこは外せないようだ。張折が蒼太子を気の毒に思っていると、蓮珠が勢いよく会話に入ってきた。

「蒼妃様、御陵参りから戻りましたら、ご一緒に本屋に参りませんか？　黒公主《こくこうしゅ》様もお土産を楽しみにしていらっしゃると思うので」

これを蒼妃が断るわけがない。黒公主から、小説買いだし要員である陶蓮珠の存在を聞いていたのだろう。蒼妃がその場で跳ねて喜ぶ。

「なるほど、黒公主の言うとおり、とーれん殿は非常に有能でいらっしゃる」

そんな妻の様子を見て、蒼太子が安堵の吐息のあとでそう呟いた。張折は元部下が他国の宮城でどのように扱われているのか、少しばかり不安になった。

■　六　■

清明節の行事日程では、清明節当日から遡って三日前が、捽脚《しゅっきゃく》となっている。これを見てから郊外の墓へ向けて出発することにしている栄秋の民は多い。この日も沿道には朝のうちから人が出ている。

殿前司を先頭に、禁軍中央部隊、四方守備隊（禁軍地方部隊）、近郊の廂軍（地方軍）の選抜隊の順番で、宮城の北西にある練兵場から出て行く。その後は、大きな四角を描くように栄秋の街中を行進し、再び練兵場に戻ってくることになっていた。

「もう禁軍は出発したぞ。どうする？」

廂軍は白鷺宮の管轄下であるため、練兵場まで労いの言葉を掛けに来ていた叡明が、街へと出ていく禁軍を見据えて呟く。

「油断したのは、こっちだったな。……当日になって、馬を使い物にならない状態にしてくるとは、やってくれる」

皇帝直属の殿前司を鼓舞するために来ていた翔央が唸る。

今朝、杏花殿の厩に繋がれていた威国の馬が軒並み暴れて手がつけられないとの知らせが来た。飼葉に興奮剤を混ぜられたようだ。蒼太子曰く、戦場ならこれでも乗って出られるそうだが、さすがに興奮状態の馬に騎乗して、ゆっくり街中を歩かせるのは難しい。

「誰だ？……于昌か？」

翔央が各部隊の順番や順路を最終確認をしている礼部の者を睨んだ。

「皇帝に睨まれるなんて下級官吏の心臓が止まるからやめとけ。……于昌か、許可をとるときには、これでもかってくらい見下した態度だったから、当日驚く顔を見られると思ったんだがな」

張折は、于昌の顔を思い出しながら、どこでしくじったのか探ろうしたが、あの場では上手くいっていたはずだった。

「あとから教えた者がいて、危機感を覚えたんじゃないかな？」

張折は、叡明の意見に懐疑的な言葉を返した。

「蒼部族の笛の話なんて、誰が知ってんだよ。唯一知ってそうならうちの姪なら、昨日の午後に起きた後宮の一大事とかで、本宅に顔出せねえって連絡寄越すほど、忙しいらしいぞ」

よほどのことになっているのか、後宮に入れている張家の養い子の紅玉さえも、本宅に帰れないと言うだけで、状況の報告を上げてこない。

「先生、于昌には外交の専門家がすぐ下についていますよ」

「郭広様か……」

この春から礼部次官には郭広が就いている。宮時代は皇族としての責務で外交に携わっていた人だ。

「叔父上は舞いも得意だが奏楽もなさる。芸事全般がお好きな人だからな。生涯を共にする笛を持つ部族に、以前から興味があったのかもしれない」

翔央が眉を寄せる。思考に落ちる沈黙を、叡明が止めた。

「そのあたりのことは、後で考えよう。それより、この状況をどうするかが問題だ」

四方守備隊がそろそろ出ようとしている。最後に出るにしても時間がない。

「にしても、杏花殿に厩を造っておいて良かったよな。無差別に興奮剤を入れられずに済んだ。下手したら今日の捧脚全体が中止に追い込まれた可能性だってある。犯人のご配慮には感謝するばかりだ」

張折は相手の馬鹿さ加減を皮肉った。相国側の軍馬に被害が出なかったことは、やったのは相国の者だと告げているようなものだ。

「ねえ、翔央。率直な意見が聞きたいのだけど、君は愛馬以外の馬にも乗れる？」

「当たり前だ。これでも元相国武官だ、そういう訓練は受けている」

相国は軍馬が少ない。馬を個人所有しているのは、貴人がほとんどで、武官では将軍位にある者ぐらいだ。他の者は必要に応じて群牧司に申請を出して、軍馬を借り受ける。だから、相国の騎兵はどんな馬にも乗れるように、ある程度訓練されている。

「じゃあ、逆は？」

逆を問われて、張折は叡明の言わんとするところに気づく。相国では、馬もまた騎乗する者を選ばないように調教されている。それは、威国の者であっても、その背に乗せることを意味している。張折は声を張り、順路確認をしている礼部の官吏を呼び寄せた。

「地図持ってこい！」

地図を持ってこちらに走ってくる礼部の官吏を見据えながら、張折は叡明に問う。

「計算して、先頭の殿前司が戻るのが間に合わないようなら、ひとつ前に出る廂軍に時間を稼がせる。曲の拍子の計算もできるな？」

「先生、行部の何禅《かぜん》を呼んでもらえますか。戻り時間は計算できる自信がありますが、この音楽の計算は、正直間違う可能性があります」

なんでも『一人でやったほうが早い』が口癖だった元教え子が、いつの間にか誰かに任せることを覚えていた。張折は感動のあまり、すぐに言葉が出てこなかった。

「先生、言いたいことはなんとなくわかるのですが、今は急ぎましょう」

しかし、可愛くないところは変わってはいないようだ。

「すぐ呼ぶ。……俺以外も参加させることにしておいてよかった」

翔央は殿前司を、叡明は廂軍を送り出すためにこの場に居る。そして、張折は、なにかにつけて稼働を余儀なくされる行部の面々とともに、突然の捽脚参加となった威国の者たちを送り出すために練兵所に来ていた。

張折に呼ばれた何禅が、拾った枝でさっそく練兵場の地面に計算を始める。

「なにか進展がありましたか？」

馬に興奮剤を盛られたことに苛立つ部下たちを諫めていた蒼太子が、こちらの動きを見て声を掛けてきた。

「蒼太子、今回いらした方々は技官が中心というお話だったが、威国の方である以上馬術の技量は我々相国の者よりはるかに高いと思っている。殿前司の楽隊が戻り次第、彼らの乗っていた馬を替えとして使ってもらえるだろうか」

翔央がこちらの提案を伝えると、蒼太子がうなずいた。

「それがどんな馬であっても、常歩で進ませるだけなら、威国の者は幼子にだってすぐにできますよ」

翔央は、蒼太子の肩に手を置くと微笑んだ。

「威国の馬術と笛の音色で、栄秋の民を存分に魅了してくれ」

蒼太子が顔を赤らめてから、肩を落とす。

「決めました。……今夜にでも蒼妃に求婚の曲を贈ることにします。一緒に帰ってくれるか不安になってきたので」

翔央は首を傾げたが、張折は蒼太子を全面的に応援すると決めた。

■七■

大通りを進む厢軍選抜隊は、腰鼓と呼ばれる腰に下げて打つ小さな太鼓を、手綱を持たないほうの手にある撥《はち》で打ち、馬を進めていく。ゆっくりとした拍子だが強弱をつけ、腰鼓を一斉に打つ音は、ならず者の集まりと言われる厢軍とは思えぬ実直な音色をしていた。

これはこれでいい効果だ。張折は、練兵場を出て遠くなっていく厢軍選抜隊の後ろ姿を見ながら、一人頷く。

「張折様、計算上、そろそろ殿前司が戻ってきますよぉ。威国の方々の準備もできたようですから、張折様もご準備を」

「おう。計算助かったぞ、何禅」

「いえいえ。それより、張折様。拍子は、ちゃんと白鷺宮様とそろえてくださいねぇ」

巨躯の何禅に詰め寄られると、大人に叱られている子どもみたいな構図になる。張折は、身体を大きく引いた。

「わかっている。で、肝心の白鷺宮様のご準備は？」

「あ、お戻りのようです」

言われて振り返ると、右目に眼帯をつけた礼服姿の白鷺宮がこちらへと歩いてくる。

「張折先生、お待たせしました！」

軽く片手を上げ、明るくよく通る声でそう言った。

「馬に乗れるのが嬉しいのはわかるが、もうちっと隠せ、白鷺宮様よ」

今、張折の目の前にいるのは、本物の白鷺宮である翔央だ。両国友好を印象付けるために威国の小隊の先頭は白鷺宮と張折が務めることに決まって早々に、隻眼の白鷺宮が皇帝に微笑みかけた。

「ねえ、知ってる？　あるものをないことにするのは難しいけど、ないものをあることにするのは実はそう難しくないんだ」

その一言で、叡明は外した眼帯を翔央に押し付け、自分は皇帝に成り代わり馬車で宮城へと戻っていった。故に、現在の白鷺宮は、翔央が傷一つない右目に、眼帯をつけているのである。

「まあ、妥当でしょう。片割れに拍子なんてとらせたら、于昌のような者たちを喜ばせるだけでしょうから。かと言って、旗手として栄秋一周する腕力もないですしね」

先頭は本来所属の隊名を書いた大きな札を掲げる前駆の役割をするのだが、今回は、急だったので所属を記した札はない。そのため、威国の黒旗を掲げることになった。また、この旗で吹き始めの合図を送ることになっている。騎乗して少し通りを歩かせてから演奏開始までに、威国の面々が自分の騎乗した馬を慣れる時間をとるためだ。

もっとも、その馬を慣れるための時間は、全部の馬が練兵場から通りに出て十歩で十分だと蒼太子から言われている。

「俺が合わせるから、頼むぞ」

「お任せを、先生。これでも武官として、何度も摔脚を経験しておりますから、隊列の長さの感覚も、馬の歩みを数えるのも問題ありません。大丈夫ですよ」

叡明は人に任せることを覚えたが、こっちの元教え子は人の期待に応えるのを覚えたようだ。

初陣の敗走で多くの護衛兵を死なせてしまった自責の念から、翔央は長く自己評価の低いところがあった。自分は上に立ってはいけない、自分は前に出てはいけない、そう自身に言い聞かせていたように思える。

しかし今の翔央からはそんな薄暗い卑屈さは消え失せ、それこそ優れた皇帝のような自信と懐の深さが感じられた。

「二人の成長が、蒼妃様にも届くといいんだが……」

一斉騎乗の音に紛れて呟いてみる。すると、張折のすぐ後ろの馬に乗る蒼太子が、翔央に聞こえない程度の小声で言った。

「大丈夫です。彼女は、ちゃんとお二人のことを見ていますよ」

なかなかどうして、この太子はまだ若いのに、異国の中間管理職であるおっさんにまで気を遣ってくださる。張折は、そう遠くない日に威国内の部族序列が変わるかもしれない予感がした。

意外なほど実直な厢軍の音色に続いて栄秋の街に流れたのは、これまた意外な威国の騎馬隊による甘い笛の音色だった。求婚の曲というだけあって、緩やかな速さの、そっと語り掛けるような旋律に、沿道の人々も聞き入る。さらには、音色に誘われて沿道に出てきた栄秋の者たちが、即興で曲に乗せて歌い始めた。

その詞は国を越えた蒼太子と蒼妃の恋歌で、都入りの時に馬を並べていた二人の姿を見たどこかの詩人が作ったものらしい。この詞が、あっという間に栄秋の民の間に広まったようで、威国騎馬隊の笛の音を追いかけて歌声が街に響いていく。捽脚の最後尾だったことも幸いした。歌声が次にくる音に消されることなく順路に沿って歌が重なり合っていく。

「自分のことを歌われるというのは、気恥ずかしいですね。……できたら今度は、栄秋の皆様に、相国皇帝陛下と白姉様の詞を作って、歌っていただきたいです」

練兵場に戻った蒼太子が顔を赤らめて微笑む。それは、なんかこうあまり甘い感じになりそうなので、作らないほうがいいんじゃないかな。張折はそう思ったが、胸の奥のほうに留めておくことにした。

「あとは、明日の御陵参りですね。また見物人が多く出そうだ、楽しみです」

蒼太子が空を見上げて言った。張折も空を見上げるが、脳裏に浮んだのはあまり楽しみではない話だった。

工部で、玉兎宮で、杏花殿の厩で……見えない敵の策略をことごとく潰したのだから、次はこちらが対応しきれないだろう御陵参りの道中を狙ってくる可能性が高い。花咲き誇り、風清々しいというのが清明という季節のはずだが、なんとも得体のしれぬ闇がねっとりと足元にまとわりついている。そんな気がして、張折は俯いた。

「翔央！　旗手、すごくかっこよかったわ。もう可愛いだけの弟じゃないのね！」

蒼妃が馬上の弟に勢いよく飛びつく。

そんな姉を支え慣れた様子の翔央は、こちらも久しぶりに馬に乗れてご機嫌だ。

「姉上こそ、すっかり大人の女性になられましたな。昔であれば、我慢できずに馬ごと飛び入り参加していたでしょうから」

可愛い弟と大人の女性の解釈について、ちょっとそこの姉弟に問い質したい。頭を抱えたくなった張折だが、周囲は別のことでざわめいていた。

「英芳様の件で、白鷺宮様と蟠桃公主様は仲たがいされたと伺っていたが、問題なさそうじゃないか」

意図したわけではないが、今回は翔央が一時的に白鷺宮に戻ったことが、良い方向に転がったようだ。これならどこからか外交問題を問われることもないだろう。そう安堵するも、まだ続くざわめきの中から、張折の耳に不穏な話が飛び込んできた。

「俺は造船技術提供の話を壊すために蟠桃公主が帰国させられたって聞いたけど……」

張折は、まとわりつく闇を踏み散らして、人垣に突っ込んでいく。

「……その話、どっから聞いたか教えてもらおうか？」

清明節の柱となる御陵参りを翌日に控えた日のことだった。

第四話

一水四見〔いっすいしけん〕

■一■

武門に生まれた以上は、強くなれと言われて育った。年頃になると、今度は武門の娘なのだから強い男を婿にしろと言われた。

それがどうしてだか、家の都合により歴史学者の肩書きを持ち、文弱などと呼ばれたこともある皇帝の後宮に入ることになり、いまや許妃《きょひ》と呼ばれている。幼い頃に共に自由を求めて街門の外まで馬で駆けた友もまた、他国の太子妃になった。

「まあ、そんなわけで、人生ってままならないと思うわけですよ、兄上がた」

後宮の一宮に許妃の居所がある。他の宮と異なり、庭を整えず平地にしており、数頭の馬を遊ばせている。それを眺め、時に馬に乗って近場を駆けるのが彼女の日課である。

建国時から続く武門・許家の嫡子は許妃であり、五歳年上の長兄と三歳年上の次兄の二人は、いずれも側室腹であった。許妃の母は側室たちに『姐御』と慕われており、幼い頃から今に至るまで兄妹仲も良好……というのは、兄二人だけの見解で、許妃本人は妹が好きすぎる兄たちに多少まいっている。

「藍華《らんか》、それは……主上のお通いが、いまだないということなのか？」

そういう情緒のないあからさまな話ではないのだが、心の内を説明するのも面倒なので肯定しておくことにした。

「ええ、まあ……」

「なんてことだ！　主上の目は節穴なのではないか。藍華ほどの女子は大陸中を探してもいるわけがないというのに！」

「威皇后か？　威国から来た毒婦が主上の目を曇らせているのか？」

「そこまでです、兄上がた。あたしにも立場というものがあるんで」

ため息混じりに許妃が手をあげる。

「兄上がた……人払いしているとはいえ、そのような不穏当なことを口にするのは、やめてもらえますかね？」

普段は地方官吏として都から離れた場所にいる彼らだが、清明節のために栄秋の実家へと戻って来ていた。今年は御陵参りに行くから清明節当日まで実家に戻らぬ旨連絡したところ、兄たちのほうから押しかけてきたのだ。

苛立ちを示すように、妃位にある皇妃らしい口調で兄二人に言ってみる。

「妃位にいる以上は、皇后様に従う身です。後宮秩序を乱すことは致しません」

これでも一応役人の端くれとして、『秩序を乱す』ことをよしとしない二人は、少し落ち着きを取り戻した。

「皇后様に従うか……でも、あの皇后様、期待していた感じではないんだよなぁ」

「わかるぞ。俺も威国から嫁いでくると聞いて期待していたんだ、いつか手合わせできるんじゃないかって。でも、あの皇后はダメだ、剣を抜く気になれない。かといって、ひ弱そうって印象でもないんだがなぁ」

兄二人が顔を突き合わせて首を傾げている。人のことは言えないが、この兄二人に比べたら、自分はだいぶまともなほうだと許妃は思っている。なにせ、二人にとって他者の価値は、手合わせするに値する相手か否か、なのだから。

「だとしても、あの方が皇后様なのですよ、兄上がた」

たしかに『いまの皇后』は元武人に見えない。歩き方や人と会話するときの距離の取り方でわかる。立后式前後のあたりでは、さすが威国からいらしただけのことはある、油断ならない方だと思うときもあったが、最近ではそういう感覚はなくなってしまった。逆に『いまの主上』は、どうも元引きこもりには見えない。歩き方や距離の取り方だけではなく、あの左手の位置がいい。いつでも鞘を押さえ、安定した動作で隠し下げている剣を抜けるように構えている。いや、剣ではないかもしれない。切っ先が尖ったものを携えているという感じではない。皇妃が皇帝に願い出る内容ではないが、それこそ手合わせ願いたくなる。武人の勘が疼くのだ、あれは手合わせする価値がある相手だ、と。

「いま、なんか楽しそうな顔してた」

上の兄が、許妃の顔を覗き込んできた。

「……御陵参りが楽しみなだけですって」

ごまかしを口にしたが、思いのほか兄二人が渋い顔で返す。

「あんな忙《せわ》しない墓参のなにが楽しみなんだよ？」

「せっかく郊外に出るんだ、やっぱり野駆けぐらいしたいよな」

御陵参りは早朝に都を出発し、半日かけて栄秋郊外の御陵に到着。墓参を終えたら、清明節当日の儀礼に間に合うように都に帰ってくるという強行日程となっている。皇族と妃嬪の集団がゆっくり行ってゆっくり帰ってくるのでは、道中の休憩や宿泊などで莫大な費用が掛かってしまう。そんな金銭的余裕が国としてない。それゆえの強行日程だ。

「まあそこが、人生ってままならないなって話ですよ」

この場合、ままならないのは国の懐事情ではあるが。今の許妃は、皇妃なんて究極に国のお金を使わせていただいている身の上だ。致し方ない。許妃が笑って繰り言したところで、侍女が入ってきた。

「許妃様、失礼いたします」

「ん？」

兄二人と一斉にそちらを見たものだから、侍女が一瞬怯む。

「……あの、皇后様がいらっしゃるそうです」

馬のために庭を潰した許妃の宮を訪れる妃嬪は、ほとんどいない。同じ馬好きとして威公主が遊びに来る程度だ。お茶会に呼ばれたことはあっても、皇后が自ら許妃の宮に足を運ぶというのは初めてではないだろうか。

「お珍しい。どうかしたのかな？」

前駆の女官に尋ねるが、

「急ぎ許妃様にお話ししたいことがあるそうです」

内容不明は変わらなかった。急ぎというだけあって、訪問を了承してすぐに蓋頭を被った皇后が許妃の宮にやってきた。

「……来客中に申し訳ございません」

皇后が来ると言っているのに帰りもしない非常識な兄二人を、許妃は軽く睨んだ。

「いえいえ、これは兄という札がついた置物なので、お気になさらず」

「置物って……お兄ちゃんたち泣くぞ」

武門の出の者の言うことか、と思ったが無視して、侍女に目隠しの衝立を用意させる。

ここは後宮で、親兄弟以外の男性に妃嬪が姿を見せることは基本禁じられているのだ。

なので、衝立の手前に許妃と皇后が並び、兄たちが衝立の向こう側となる。

若干暑苦しい二人から距離が置けたことに、許妃は皇后に対して心の中で感謝した。

■　二　■

急ぎというだけあって、皇后が持ち込んだ話はなかなか厄介な内容だった。

「このままでは御陵参りができない……とは？」

供人の上衣の件は、後宮全体が縫製工房と化して解決したはずだ。今度は、いったいなにが起きたというのだろうか。許妃は真剣に話を聞く姿勢に整えてから先を促した。

「はい。御陵参りへは馬車による移動を行なうのが常ですが、肝心の人を乗せる車の部分がないのです」

「え？　なんで？」

率直な疑問が声に出てしまったかと思えば、衝立の向こうからの声だった。

「兄上、……場を弁《わきま》えて」

許妃は八つ当たり気味に兄を黙らせてから、皇后に話の続きを促した。

「先日の嵐で壊れてしまったようです。正確には車部分をまとめて置いていた場所で落雷により木が倒れて、その下敷きになってダメになってしまったらしいのです。職人たちもなんとか間に合わせようとしてくれたようですが、日がない上に、今年は参詣希望者の数も多く、車の数も多く必要なため、作りなおすのは難しく……」

皇族、皇妃を乗せる馬車は、ただの箱ではない。金細工が施され、玉がちりばめられた見た目に煌びやかな代物である。壊れましたで、すぐ作りなおせるものではない。

「皇妃分ということは、主上と宮様方の御車は問題ないんですね？」

「はい。今回壊れてしまったのは新規に作っていただいた御車だけなのです」

先帝の皇后は亡くなられてから位を得た。今上帝の皇后は昨年の秋に皇后位に就いた。この国は先々代の皇后以降、皇后が御陵参りにいくための御車を作っていなかったのだ。そこに、今回の参詣希望者の増加が重なったということのようだ。

それにしても、また新規に作る物を用意できない話とは。許妃は唸った。皇妃と女官では、縫製工房にはなれても、さすがに御車工房にはなれない。

「今ある車に相乗りなどは、できないのでしょうか？」

「一つの車に……五人から六人乗っていただくことは難しいと思います」

たしかに同乗するにしても、四人が限界だろう。

「どんだけ御陵参り要員を増員したんですか」

また衝立の向こうから下の兄が余計なことを言う。皇后はこれに丁寧に応じてくれた。

「今上帝の御代となって、もうすぐ三年です。清明節は過去二回。その二回では、今回のように亡くなられた皇族も皇妃もいなかったのです。……御陵そのものに歴史的な価値を感じて参詣された張婉儀様は二回とも行かれていますが、それ以外には、あとはお二人ほど行かれた程度。しかも、どちらも別の回に参加されたので、既存の皇妃用の車は二台しかなかったし、それで十分だったのです。あと一台、かつて余氏《よし》様がお使いになった御車が使えるという話ですが、それでも三台と足りないのです」

これは厳しい。歴代後宮でも特に皇妃の少ないはずの今上帝の後宮ではあるが、減って増えてで、皇后含め十五名の皇妃がいる。たしかに、一台に五人は詰めこまねばならない状況だ。

「理解いたしました。……困りましたね」

許妃としても、そう言うよりない。

「はい。……それで、許妃様のご実家の車をお借りできないかと思いまして、こうして急ぎお訪ねいたしました」

それで皇后自ら許妃を訪ねたようだ。妃位にある許妃に、急ぎの用事で訪問できる皇妃は、同じ妃位の周妃《しゅうひ》か、さらに位が上の皇后だけだから。

だが、許妃には応じる手札がない。

「皇后様、大変申し訳ないのですが、許家は武門のため男も女も馬か驢馬《ろば》に直接乗って移動することが多く、馬につなぐ車というのを所有していないんです……」

許家では、男性陣だけでなく、他家から入った祖母、当代の正妻、側室に至るまで、当たり前のように馬に乗る。許家は相国建国当初から皇家に仕える五大家のひとつで武門であることから馬持ちを許されている。家の馬を軍馬として提供する義務も免除されている。せっかく馬がいるなら乗らねば損、というのが許家の女性の考え方だ。客人を送るときなど、どうしても人を乗せる車が必要な時には、轎《こし》屋に頼めばいいだけだから。

「……そうですか」

ある程度答えを予想していたのかもしれない。皇后もそれ以上は何も言わずにうな垂れた。蓋頭を被ったままなのに、落胆の表情が見えるようで、心苦しくなる。

「ほかの皇妃の……いや、馬持ちの家で皇妃を出している家自体がないですね」

皇妃の実家といっても色々ある。五大家で同じく武門の王家も馬はあるが、そもそも今上帝の後宮に皇妃を出していないので、借りる伝手がない。建国初期からの臣下である七名家も武門はあれど、将軍を出していなければ馬の個人所有は許されていないはずだ。なお国の発展とともに勢力を得た九興家には、官吏を代々輩出する官戸か豪商であるが故に政に入ってきた家しかなく、武門はもちろん、将軍職に就いている者もいない。

「なるほど。頼みの綱が、我が許家だけだったということか」

これは衝立の向こうからの上の兄の声だ。

「皇妃が乗るなら花轎《かきょう》ではダメなのか？」

のんきな会話を止めるべく、許妃は衝立の向こう側に指摘した。

「馬でも片道半日はかかる御陵まで、人に担がせるんですか？　それに、この時期ですと担ぎ手の手配が厳しいと思いますよ」

貴人の轎は、一人乗りの上、八人で担ぐ。皇妃十五人を花轎で運ぶとなると、とんでもない金額がかかる。それに台の上に置いた椅子を装飾した板で囲うだけの花轎は、中が非常に狭く、街中の移動ならまだしも、御陵までの長時間・長距離の移動となると、運ばれる側の皇妃の身体的負担も大きい。

「そこは相場の倍出すってことで！」

下の兄が元気よく言い放つ。あとで説教しよう、許妃は無言で決めた。どうやって叱ろうかと思ったところに、皇后が口を開く。

「それでは、本来乗るはずだった栄秋の民が、墓参できなくなってしまいます」

強い言葉になったと本人も気づいたようだ。「すみません」と衝立越しに謝罪する。

「いえ、今のは皇后様が謝っていただくことではありません。だいたい、日程を考えると馬を使うよりないのですから、愚弟の言うことは無視してください」

さすがに上の兄が慌てる。懲りないのは、その『愚弟』だった。

「あ、じゃあ、この際、車なしで馬に乗ってけばいいんじゃないかな？　ほら、供人に綱を引かせれば、皇妃でも、なんとかなるって！」

のんきな下の兄の声に、許妃は衝立を蹴り倒してやろうかとも思ったが、皇后の御前なのでさすがに抑えておく。

「すみません、愚兄が余計な横やりを入れて」

「馬に乗って、ですか。……悪くはないですね。御車がないだけで、馬は御車の台数分確保されているわけですから」

妙案を得たりと、うなずいた皇后が椅子を立つ。

「すぐに可否の確認をしてまいります。ご意見ありがとうございました」

言うと、お付きの侍女も慌てる即断即決ぶりで、部屋を出ていく。

「ご採用いただけたようだよ……」

許妃は、皇后を見送ってから呟く。

馬で移動なら、自分の宮の馬に乗っていこう。主上からせっかくいただいた駿馬だが、後宮では思い切り走らせてやれないし。御陵参りに行くのが楽しみになってきた。そんな楽しみを胸に抱きつつ、許妃は、衝立を退かさせると、たっぷり一刻、兄二人の不敬について説教した。

「すごく意外だ。藍華は皇后派なのか。本人がいる前だから従っているのかと思えば、いなくなったあとでも、兄二人にこの仕打ちとは」

「……自業自得でしょ。ところで、その『皇后派』ってなに？」

許妃の問いに、知らないのかとばかりに兄二人が顔を見合わせる。

「聞いた話じゃ、皇后が後宮で派閥を作って、政に口を出してるって」

「呉妃を宮妃に落として後宮から追い出したのも皇后なんだろ？　華国の公主が消えたのも皇后が裏で手を引いていたらしいじゃないか」

許妃は、あまりに妄想じみた内容すぎて、すぐに返す言葉が思い浮かばなかった。

「だいたい今回の御陵参り、皇后の一存で皇妃全員強制参詣になったんだろ。自国からの国賓の手前かっこつけたいからって相国の金を使って……。それで移動できなくなりそうになったら、藍華に泣きついてくるなんて、腹立たしいにもほどがある」

ずきずきと痛む頭に手をやる。

「兄上、なに言ってんの……？　確かに威国の心証のためっていうのもなくはないだろうけど、参詣希望者が多いのは、みんなが范才人《はんさいじん》の墓参を望んだからだよ！　みんなのその気持ちを大事に思っているから、皇后様は上衣の件だって必死に考えてくださったのに！」

強く言って聞かせると、兄二人がぽかんと口を開けて、許妃を見てきた。

「え？　……じゃあ、藍華も御陵参りに行きたくて行くのか？　てっきり、行きたくもないのに行かされそうになっているのかと思って。だから、色々口出しをしていたんだけど……違うのか？」

やたらと横やりを入れていたのは、例によって妹が好きすぎるせいだったようだ。

「どこをどう聞いたらそういう解釈になるわけ？　相変わらず、人の話を聞かないよね、二人とも。よくそれで、役人やってるよ。皇后のほうがよっぽど人の話聞いてたわ」

それどころか、この愚兄の思いつきをご採用いただけるとは。

「……まず、皇后様のどこがどうしてそんな話になってんのか、もう少し詳しく聞かせてもらえますかね、兄上がた。そのあと、追加の説教一刻ね」

許妃は、兄二人を睨みつけた。

■　三　■

正房奥の書斎で机に突っ伏し、許妃は重苦しいため息をついた。人に見せられないような渋い顔をしている。外は暗くなり始めていた。時刻はもうすぐ夕餉《ゆうげ》の時間になるころだろうか。いつもであれば庭から厩舎に戻った愛馬たちの様子を見に行く時間なのだが、その気力が出てこない。

　机上に置いた紙が、視界の端にちらつく。

「あの皇后様、厄介ごとの吸引力が半端ないのでは？」

　許妃の兄二人は、それぞれに赴任した地域の軍事、警察を担う県尉職に就いている。二人とも、威国との和平交渉が始まり、大きな戦いが見込めなくなった先帝時代の末期に、許家軍の中隊長から役人に転身した。戦いのない時代が来たときに武門の男子としてどうあるべきかを考えてのことだと言っていた。なので、兄二人が本当に仕事のできる男なのかを試させていただくことにした。

　追加説教を半刻で終わらせて、後宮の外には出られない我が身に代わって、落雷による倒木で壊れた御車の件を調べてもらったのだ。県尉なのだから、事件捜査は得意だろうと思ってお願いしたわけだが、あまりにも怪しいところが多いのか、『もっと調べてみる』と書かれた紙だけが宮に届いた。せめて何が怪しいのかひとつかふたつ書いて寄越せ、と腹立たしく思うと同時に、やはり不審な点があったか、とも思った。

「話を聞いた時に、また新たに作る物を用意できない話か……って思ったんだよね」

　昨日威国からの国賓が栄秋に入った。御陵参りは四日後に迫っている。遡って、落雷を伴う春の嵐があったのは、五日ほど前のこと。国賓が相国入りしたころのはずだ。

「まだ都から遠い西金に居たはずだから、威国のしわざじゃないと思うんだよね……」

昨晩、珍しく主上が許妃に会いに来た。お渡りというわけではなく、ただ蒼妃から預かった手紙を届けに来てくれたのだ。すぐに渡したかったと、歓迎の宴を終えた遅い時間ではあったが、自ら足を運んでくれた。

「他の者に届けさせると、どうしても検閲が入る。余が届けるなら誰も中を検めたりはしないからな。……姉上が一番の友人に送ったものだ、余も中を見るなんて無粋な真似はしていない」

そう言って微笑むと、手紙をそっと許妃の手の上に直接乗せてくれた。

『御陵に着いたら会えるよね。少しでもいいから話したい』

懐しい、愛しき友の文字。栄秋に到着したものの、簡単には会えないとわかり、宴に向から蒼太子に急ぎ手紙を託したのだろう。短い文面に、想いが詰め込まれていた。

「皇帝を手紙を届ける使いにするとか、本当に豪胆なんだから」

太子妃になっても変わらない友人を嬉しく思う一方で、会いたいと思っても、簡単には会えない立場になった今の関係が胸を苦しくさせる。威国に嫁いだ以上、彼女はすでに威国の人間だ。迎賓館である杏花殿から出て、他国の者が自由に皇城内を歩けるわけがないし、ましてや、後宮に気軽に顔を出すことなどできない。

女性には女性の外交があり、皇后や宮妃が茶会に国賓の女性を呼ぶことはある。以前、華の榴花《りゅうか》公主が来た時に茶会があった。だが、今回は御陵参りがあり、その当日までにも清明節の行事が続くため、多忙を極める皇后にも飛燕宮《ひえんきゅう》妃にもお茶会を開く余裕がない。また、後宮全体が供人の上衣の件で縫製工房化していたので、どの皇妃も女官も気力と体力が回復していない。

「裁縫要員じゃないあたしくらいだもんね、後宮で気力も体力もあり余ってるのは……」

なんでも、管理側の女官も動員したそうだ。管理側の長である内宮総監の高勢が上衣の件の不始末の埋め合わせに差し出してきたそうだから、どれだけみんなが今回の御陵参りに賭けているかが、わかるというものだ。

疲労からか静まり返った後宮で、一人気力と体力を余らせている許妃も、皇妃である以上は後宮を出ることを許されない。それでも前は隙をついて出られたが、最近は後宮の出入りも厳しくなった。范才人の件、榴花公主の件、余氏が後宮庭園に現れた件……と、とにかく後宮と外の繋がりを利用した問題が度重なったことが原因だ。

御陵参りだけが、蒼妃と同じ場に居られる唯一の機会になる。御陵に向かう隊列では順番があるから離れているかもしれない。でも、現地に着いたなら、きっと会える。会ってなにが言いたいわけでもない。でも、会いたい。遠目に見るだけでもいい。

彼女の選択の結果を知りたい。自分と同じように馬を愛する友人は、馬とともに生きる国に嫁いで、笑って過ごせているだろうか。

和平のための人質だと憐れむ者もいた。強く気高く近寄りがたい（物理的な意味で近づくと危険というのも含む）公主らしくない公主だから、威国で引き取ってくれて助かったと言っていた上級官吏もいたらしい。あれで中身は、可愛いものに弱く、恋物語に胸をときめかせ、切なさに涙する繊細な心を持つ乙女でもあるのだが……。

「あたしがお守りするはずだったのになあ」

許家は建国当初から皇家に仕えてきた。許妃も内心は皇族を守るのが役割だと自負している。

許妃は相手が『幼い頃から元気すぎた蟠桃公主』だからこそ、選ばれた遊び相手だった。公主より五歳ほど年下ではあったが、ほかの家のお嬢様たちではついていけないような、木登りや皇城内での追いかけっこ、虫取りに庭園の池での水泳といった遊びにも顔色変えずについていったことで気に入られた。許妃は長く蟠桃公主の近習だったのだ。先帝のただ一人の公主として、嫁ぎ先が決まらないまま大人になっていった時間も、ずっと近くに居た。最初から薄かった主従関係は、どんどん薄くなり、馬で街門を出れば、友人として馬を並べて駆けた。

「人生って、本当にままならないよね……」

大人になることが、こんなにも不自由なことだとは思っていなかった。

許妃は、のっそりと突っ伏していた机から上体を起こした。書斎を出て、正房の扉を出ると柱にもたれて杏花殿のあるほうの空を見る。

誰かが後宮の面々を御陵参りに行かせまいと、悪意を持って罠を仕掛けている。上衣の件は、主上も宮様方も巻き込んでいたが、御車は明らかに後宮の者にだけ影響する出来事だ。狙う範囲が狭くなってきている。大掛かりな策が失敗したからだろうか。

「上衣は皇后様が直接綾錦院に製作を依頼したことで、どこも途中介入できなくなったから、策は塞がったとみたのかな？」

御車を壊された日から考えて、威国側の人間ではない。あれだけ必死に御陵参りに行こうとしているのだから皇后も違う。後宮臨時縫製工房に女官を出した高勢も違うだろうから、後宮管理側の策謀でもなさそうだ。

許妃は書斎から持ってきていた紙に筆で、威国、皇后、管理側、綾錦院と書いては、上から二重線を引く。

「皇后が動かなきゃならないところを狙うなんて嫌な予感しかしないよね。……皇后の予算を食いつぶすのが目的なのかな。そうすれば、兄上の聞いた噂が真実味を帯びる」

大陸有数の貿易都市となった栄秋に都をおく相国ではあるが、国としてはいまだに残る戦争の爪痕への対応に追われて、緊縮財政が続いている。

「皇后が金遣い荒いとか、よく言うよ……」

上衣の件などは、いかにお金を掛けずに短時間で揃えるかに後宮一丸となって心血注いだってのに。許妃は紙に兄二人の顔を適当な線で描く。

先帝の後宮に実を伴う皇后がいなかったのが良くなかったのかもしれない。先代皇后が全く使わなかった分、急に使われ出した皇后の予算は、傍目にはとてつもなく巨額に見える。とくに、今まで皇后の分として使われていなかった予算が回ってくることで潤っていただけの部署は、予算を皇后に奪われたように思ったのだろう。

あとは、行部とかいう部署間調整の新設部署が甘い予算見積もりを相当厳しく監視しているらしいので、甘い汁が吸えなくなった官吏が不満を漏らしているというところか。行部とは西金の避難民支援の件で少し関わったが、皇妃で集めた物資や資金の使い方報告書などを見る限り、信用できる部署だと許妃は思った。だから、行部も違う。二重線を引いて、ため息をつく。

「この陰から糸を引いてる感じ、絶対武門とか武官じゃないね。腹立たしいわ」

後宮の妃嬪のほとんどは、純粋に范才人の墓に行きたいだけだ。皇妃として葬られた彼女の墓は、彼女とともに過ごした自分たち皇妃以外が訪れることのない墓なのだから。

「あたしは……それだけじゃないけど」

どうしても御陵参りには行きたい。

「いざとなれば、皇后は主上の御車に同乗すればすむ。それでもあれだけ、頑張ってくれているんだから、あたしたちだって、絶対に御陵参りに行ってやるぞ！」

気合を入れたところで、侍女が遠巻きに声を掛けてきた。

「許妃様……、皇后様がいらっしゃるそうですが……大丈夫でしょうか？」

噛みつくとでも思われているのだろうか。

「大丈夫も大丈夫。万事問題なし。大歓迎でお迎えするからね！」

すんなり御陵参りに行けない状況の鍵が皇后なら、御陵参りになんとか出ていける状況に転じる鍵も皇后のはずだ。

考えごとを始めた頃よりあたりは暗くなっていた。遠く後宮の東端から夕餉を知らせる鐘の音が鳴る。あの皇后のことだから、きっと何も食べないまま奔走していた気がする。

許妃は、お茶と一緒に軽く食べるものを用意するよう侍女に命じてから、皇后を迎えるべく正房へと戻っていった。

■ 四 ■

迎えた皇后はうな垂れていた。

「……騎乗して向かうのはダメでした。後宮の外で皇妃が顔を人前に晒すことは許されないと、内宮総監から叱られました」

あの案を口にしたときの兄たちは、適当なことを言って皇后に意地悪をしようとしていたようなものだから、穴のある案だったことは謝るよりない。

「……ですよね。こちらこそすみません。許家の者を基準に考えてはいけないのに、これで解決みたいに言ってしまって」

許家の者は貴人女性の定番乗り物である花轎を使うことがめったにない。基本的に移動は、自分の足で歩くか、騎乗するかの二択なのだ。

「貴人女性の外出というのは、本当に面倒ですね」

つい愚痴が出た許妃に、皇后が小さく笑う。

「許妃様は蒼妃様とお二人で、よく街門の外まで馬で出られたと伺いました」

「どこからお聞きに？　もしや、蟠桃公……蒼妃様にお会いになったのですか？」

突然の親友の話題に思わず身を乗り出してしまう。そんな許妃に、皇后が身を引いた。

「ご挨拶させていただきましたが、聞いたのは……色んなところからですね」

どれだけ過去の悪さが広まっているのやら。許妃は椅子に座りなおした。

「そうですか。……その、お元気でしたか？」

許妃の問いに、皇后は、なぜか少し間を空けてから返答する。

「……とてつもなく」

これには、許妃が笑ってしまう。

「あ、すごくわかりました。お変わりないってことですね。皇后様のお言葉は直球ですから、よく伝わります。蒼太子もご一緒だったのでしょうか？」

「はい。とても仲睦まじい姿に、同じ場にいらした李洸殿も張折殿も視線のやり場に困っていらっしゃいました」

友人の幸せを想像し、許妃は安堵に頷いた。

「そうですか、良縁を得られたのですね。……あれ？　どこでご挨拶を？　玉兎宮では、李洸殿も張折殿も入れませんよね？」

許妃の指摘に、皇后が椅子の上で跳ねる。

「そこは…………金烏宮です。えっと、それで、街門の外まで馬で出られて大丈夫だったんですか？　片や公主、許妃様も良家の子女でいらっしゃるのに。その……物取りやかどわかしに遭うとか」

若干、声が震えている気がする。許妃は宥めるように、皇后の疑問に応じた。

「もちろん、そこはそう見えないような格好で出ていきましたよ。年近い兄が二人いるんです、衣をお借りして男装すれば問題なしです。許家は五大家の武門ですから、海馬紋を許されてます。子どもに見えても、海馬紋の衣装を着た者に手を出す愚か者は、栄秋付近に居ませんよ。蟠桃公主様も年近い弟がお二人いらしたわけですから……」

海馬、鹿、蝙蝠《こうもり》、獅子などの動物の吉祥紋様を衣装や所有物に入れることは、皇家に古くから近習する五大家にしか許されていない特権の一つだ。これらの紋を身に着けているだけで、周囲も五大家の者として扱ってくれる。

たとえ、相手が子どもだろうと、栄秋の街門を見張る門番では、五大家の者を足止めする権限がない。だから、許妃はいつだって、馬に乗ったままで、手続きなしに、栄秋の街門から堂々と外へと出ていた。

許妃が懐かしむように言えば、皇后が小さく呟いた。

「どうりで誰に聞いても、馬に跨ったお嬢様なんて見てないって言うわけだ」

「皇后様？」

よく聞こえなくて問いかけると、皇后は首を振り話題を変えてきた。

「い、いえ……。以前、張婉儀の歴史講義で聞いたことなのですが、高大帝国時代も宮中の女性が異性装をすることで、乗馬を楽しんでいたというのを思い出しました。高大帝国時代って我々が思っている以上に、女性に自由があったそうなんです」

張婉儀の歴史好きは、彼女の主上好きと同じくらい有名だ。主上を語るときのあの勢いで、嬉々として語ったのだろう。

「うらやましいかぎりです。もう一度、あの方と馬を並べて走りたいものだ」

生まれた時代と場所が違えば。つい、本音が出てしまう。

「……ああ。許妃様が蒼妃様にお会いになれるのは、御陵参りの時だけなのですね」

許妃の言葉の裏にあるものに気づいたらしく、皇后が呟くように言った。

「そうですね。お互い、立場がございます。あの頃のように街門を勢いよく走り出るというわけにはいきません」

わかってもらえると思わなかった『人生のままならなさ』を察してもらい、少し心が緩くなるのを感じた。

「男装されたお二人が馬を並べて駆けていく……。ちょっと見てみたかったです」

嬉しいことを言ってくれる。

「蟠桃公主は特に楽しんでいましたよ。えっと……なんて言ったかな、女性向けの大衆小説の気分だとか」

懐かしいことを思い出して、そう口にすると、今度は皇后が身を乗り出した。

「それは『花香君《かこうくん》』のことですね！」

皇后が興奮気味で言った『花香君』の名を聞いて、許妃も思い出した。蟠桃公主の大好物、女性向け大衆小説の一作だ。たしか、高大帝国末期の貴族の姫君が、殺された兄の仇を討つために男装して、皇太子の護衛かなんかをやっている話だったはず。威国に嫁ぐ日が近づき、見張りが増えて皇城を抜け出すのが難しくなった蟠桃公主に代わって、本屋に買いに行かされたことがある。

威に嫁いだ蟠桃公主が大量に持ち込んだ女性向け大衆小説は、威国宮城の女性陣の心に強く突き刺さったらしい。宮城内限定だが、おおいに流行っているという。相国から嫁いだ蟠桃公主が蒼妃として威に馴染むのが異様に早かったのは、女性陣の熱い支持あってのことだそうだ。聞いた話では、威公主が相国に来た目的のひとつが、この女性向け大衆小説の買い付けにあったとか。本屋で片っ端から買ってきて、多くの妃嬪を集めた読書会を主催し、妃嬪たちと回し読みして意見を交わし、玉石混交の作品群を仕分けして、選りすぐりの本を自国に送っているという。なんかもう、一国の公主ではなく凄腕の書籍買い付け商人ではあるまいか。

一応、後宮に読書会なる集まりがあることは、許妃も聞いていた。この趣味ばかりは友人と共有していなかったので、許妃は参加していないが、参加している妃嬪の熱量はよく知っている。

噂では、外の本屋に買いに行くことができる特別な女官とやらまでいるのだとか……。

「皇后様もお好きでしたか」

皇后は椅子に座りなおすと、興奮しすぎたことへの反省からか小さくなる。

「あ、はい。その……すみません、ちょっと作品の主人公の描写に、お二人のお姿を重ねてしまいまして。皇太子と男装の主人公が馬を並べて野駆けに行くあたりなんて、お二人そのままですよね」

皇后が読書会に参加しているという話は聞いたことがなかったが、やはりお好きなようだ。参加しないのは、自身の位の高さに対する配慮かもしれない。皇后が居ては、読書を好む好まずにかかわらず、妃嬪が集まってしまう可能性もある。そうなっては、本好きの集まりという趣旨が変質してしまうのを懸念されているのかもしれない。

二人きりで長く話すことは初めてだが、悪くない。許妃は、より深く皇后の人となりを知ろうと、会話を楽しむことにした。

「まあ、確かにお互い皇子と護衛の近習の格好だったと言われればそうですね。でも、純粋に男装するなら、上背もあって顔立ちも凛々しい周妃《しゅうひ》のほうが似合うのでは？」

同じ妃位の周妃を話のネタに差し出してみる。

「おお、たしかに。あとは、張婉儀もすらっとしていらっしゃるからお似合いになるかも……ああ、范才人もとてもお似合いでしたね」

昨年亡くなった、後宮の憧れの的だった男装の麗人を思い出したのだろう。皇后がため息をついた。二人の間に、亡き人の面影が落ち、しんみりした空気が流れる。皇后は茶器を置くと、卓上でこぶしを握った。

「あと、四日。なんとしても、後宮のみんなを范才人のところへ……」

その言葉に許妃はハッとする。皇后は、「皇妃全員」ではなく、「後宮のみんな」と確かにそう言った。范才人自身は侍女を一人しか持たなかったが、供人の中には、范才人のいた同じ宮に仕えていて、日頃侍女一人では手の回らぬところを助けていた女官もいる。彼女たちは、皇妃の葬儀に参列できる身分ではないが、今回の御陵参りでならば、主に随行して故人に挨拶ができるはずだ。

兄二人が拾ってきた噂など、やはりただの噂だ。この皇后は、本当に御陵参りに行きたいと願う全員を連れていきたいと心から思っている。

「……一台に五人は乗れませんが、三人程度なら乗れるのではないでしょうか。工房になんとか一台だけでも作り直してもらうというのは……」

許妃が皇妃の顔を思い浮かべ、派閥を考慮した同乗可能なまとまりを指折り数えながら提案してみる、と、突如背後から風が吹いた。

「その話、待った！」

風に驚き、声に振り返れば、開けられた窓から兄二人が顔を覗かせていた。

「兄上がた⁉ ……って、待つのはそっちでしょうが！ 皇后様の御前で、なに窓から侵入してるんですか！」

許妃は、窓に駆け寄って、叱り飛ばす。

「いやあ……夕餉の時刻ともなると、会いに行く許可が下りないからさ、これは忍び込むよりないなって」

下の兄が反省のかけらもなく笑う。

「……後宮警護隊に射られますよ」

むしろ射られてしまえ。内心を隠しつつ言うと、呆れるようなことを言いだした。

「あ、そこはなんか隊長さんとやらに、お目こぼしいただいた」

「すでに見つかったんかい！　成人男子が後宮侵入とか許家が閉門させられるっての！」

　思わず素が出てしまった。皇后だけなら最初のお茶会で素を見せてはいるが、宮付き女官の手前、できるかぎり皇妃の仮面をかぶっていたのに。

「許妃様、お兄様がたがいつまでも窓にぶら下がっていらっしゃるのはどうかと思うので、お部屋に入っていただきましょう。冬来殿がお許しになったということは、危険性はないが緊急性はある、と判断されてのことでしょうから」

　素を晒してしまった衝撃に固まっている許妃の袖を、皇后が軽く引く。

「ええ、許妃様。皇后様のおっしゃるとおりです。危険性はないが緊急性はあると思い、お兄様がたをご案内させていただきました」

　その声は堂々と正房の扉から入ってきた。そこには、後宮警護隊の白錦をまとった冬来が微笑んでいる。

「警護のため、ご同席させていただきます。……人払いはすませておりますので、ご安心ください」

　気づかぬ間に、宮付き女官は下がっていたようだ。

　それにしても、兄上がたよ。武人としてこの方に『危険性はない』と言われたことを、ちょっとは嘆くべきではないだろうか。一人で容易に制圧できると言われたのと同義なのだから。

許妃は、月白の隊服が似合う、この見た目には小柄で美しい女性武官が少々怖い。武人の勘として、この人と戦ってはならないとも感じている。

一方、冬来の美しさに当てられたように、兄二人は彼女の微笑みにニッコリと返している。許妃は、悠長な兄二人は役人になってよかったんだと、つくづく思った。

■五■

時刻が時刻なので、厨房からいつもより多めに夕餉を運ばせる。

許妃が大仰で堅苦しい宮廷料理を好まないこともあり、この宮で出す料理は栄秋の街中の酒楼で出てくる大衆向け大皿料理と大差ない。今日は清明節にほぼ重なる寒食期が始まる前日であるため、作り置きしていた料理が皿に盛られている。寒食期には、炉で火を使うことが禁じられ、食べ物は温めないで食べることになっている。そのため、あらかじめ用意した冷たい物を食べて過ごす。清明節の墓参り同様に、古くからある風習だ。

「明日から寒食に備えて清明果を大量に作らせておいたから、どうぞ」

清明果はヨモギの汁を米粉に混ぜ込んだ生地に、細かく切った肉と野菜に濃い目の味付けをしてできた餡《あん》を包んで蒸しあげた食べ物だ。話しながら食べるのにはちょうどいいかと思い、持ってこさせたのだが、意外にも大喜びしたのは、皇后だった。

「これですよ、これ。清明果はやっぱりしょっぱくないと」

兄二人がいる上に、人払い済で衝立もないものだから、皇后は蓋頭を被ったままのお食事となってしまったわけだが、とても食べ慣れていらっしゃる。

「おや、皇后様は中央派ですか。北のほうは甘い味と伺っておりましたが」

上の兄が言うと、控えていた冬来が説明をしてくれた。

「威国では寒食の風習自体がありません。皇后様は相国にいらして、今回が初めて迎えられる清明節でございます。清明果の存在もつい最近お知りになりましたが、見た目から肉を包子で挟んだものを想像してお食べになったので、驚かれたということが……。玉兎宮の厨房を仕切る者が北西の出身だったので甘口の味つけだったのです」

「あー、ありますよね。しょっぱい系の口になっている状態で、食べてみたら甘かったとなると、なんかこれじゃないだろって思うこと」

下の兄が清明果を両手に同意して笑い返す。寒食期分、残るだろうか。

「兄上、のんきに食べてないで、報告報告。緊急性どこいったのよ?」

急かして本来の用件を思い出させるも、兄はしっかり清明果二つを口に放り込んでから、話を始める。

「藍華に言われて、壊れた御車の実物を見てきたけど、金の飾りも紺の帳、乗り込み口の額につける錦とか、珠の御簾もなかったんだよ。あれじゃ、豪商くらいは乗せられても、皇城の貴人は乗せられないぜ」

下の兄が言うと、上の兄がそれを継いで、腕組みしてうなずく。

「俺たちがまだ許家軍配下だったころ、父上の供人で御陵参りの護衛についていったことがあって、呉太皇太后の御車がどんなものだったか実際に見たことあるから間違いない」

先帝の御代は、実のところ十八年ほどと短かった。そして、その先帝の後宮は在位期間の四分の三ほどもの間、呉太皇太后の支配下にあったのだ。当時は国内旅行を兼ねて贅沢に半月もの日数を御陵参りにかけていたらしい。当然膨大な費用が掛かっている。

「宮城への納品直前なのに装飾ができてなかった……、どういうことなんです？」

上の兄は『これはあくまで想像だが』と前置きしてから、思うところを口にした。

「あれは、最初から壊されるために作られたんだ。だから、本当の貴重品になる部分は付けていなかったんだと思う。だいたい、派手な装飾をつける御車を工房の外に並べておくこと自体が不用心だしな」

後宮に侵入するような輩が、不用心を語るな。許妃は胸中で毒づいた。

「最初に捜査したっていう栄秋府の捕吏は本物の皇后御車を見たことないらしくて、おかしいと思わなかったらしいぞ」

皇妃には、皇后を頂点に位がある。その位によって御車の装飾も変わってくる。御車本体に施す木彫りの装飾はされていたのだろう。実物を見たことがなければ、それで充分に豪華そうな造りには見えるだろうから、捕吏がわからずともしょうがない。

「そのあたりの怪しかった状況を、伝書にちゃんと書いてくださいよ。こちらの対応も変わるでしょうが……」

御車業者が事件に絡んでいるのでは、綾錦院のときのように直接依頼するという手は使えない。その策が塞がることを、もっと早く確定しておきたかった。

「たぶん、狙いは皇后様に金を使わせることだと思う。現場を見に行ったときに、周辺の同業者がなぜか集まってきていた。『間に合わないなら、うちの工房でも御車を作って出そう。こういうことは助け合いだ』とかなんとか言ってたぜ。あのあたりの工房で急ぎ作った御車を高く吹っ掛けて、利益を分け合う算段があるんじゃないかと思う」

栄秋の街中で店や工房を置く場所は、飲食店街、本屋街のように、職種によってだいたい決まっている。今回、御車の作製を依頼された工房も周辺は同業者が集まっていた。

「あのあたりの業者からすれば、今回の件は今上の御代で最初で最後の稼ぎ時だ。お身体の重量増加に伴って御車を何回か新しくさせた呉太皇太后様のようなことは、普通に考えればありえない話だからな」

　これに、皇后が思わずという感じで呟く。

「聞けば聞くほどすごい方ですよね、呉太皇太后様って……」

　歴代の皇后でも最も長く生き、もっとも多くの財を消費したと言われている人だ。正直なところ、この程度の話は許妃にとって驚くに値しない。

「あっち側からすると、上客だったともいえる。金細工や珠の御簾なんて豪華装飾は、庶民には許されていない。呉太皇太后様は、それを何度もご注文してくれたのだから」

　なるほど。むしろ今上帝の皇后は金を使わないだろうから、ここで思い切り使わせよう作戦というところか。許妃の頭の端っこで、何かが引っ掛かる。御車工房の者たちが共謀しているのだとして、この職人らしくない粘っこい策を与えたのは、いったい誰だろう。

　あと、例の噂との差異はなんだろうか。

「……さて、皇后様。いかがいたしましょうか？」

　緊急性を考えたのか、控えていた冬来が話を区切って、皇后に考えを求める。

「そうですね。まず、御車工房には正規の金額を払います」

「それは……？」

　不覚にも兄二人と一緒に許妃も首を傾げてしまった。

「ただし、納品できなかった違約金として、装飾部分の試算額相当を差し引きます。工房の者も、それでこちらの意図はわかるでしょう。御車作製費は行部の決裁を通っているはずですから、正規の価格でしょうし、内訳もはっきりしているはずです。きっちり装飾部分の金額だけ引くこととといたします。のちほど、行部に問い合わせましょう」

なるほど。作製を請け負った御車工房に対し、実際の損害額は出すということか。

「不正業者を潰さなくていいのですか？」

「来年の清明節には、新たな御車をお願いすることもあるでしょう。職人には、これからも工房を続けていただかねば困りますから」

悪くない考え方だ。兄二人の目も少しキラキラしてきた。

「その上で、今回の清明節は既存の御車以外は使わないこととし、急ぎ新規の御車を頼むことは致しません」

では、どうするのかと問う前に、皇后が扉の方を振り返る。

「……冬来殿、今一度、人払いの徹底を。これから先の話は、外に出してはなりません。また誰かが先回りして、関わる人々を唆されてはたまりませんので」

これを聞いて、許妃は兄二人を追い出しにかかった。

「兄上がた。お帰り願いますか。ここから先も残るとなると、清明節が終わるまで後宮警備隊の牢に入っていただかないとならないので……」

「そんなぁ～」

嘆いた下の兄を小突いて、上の兄が皇后に問いかけた。

「皇后様。詳細はお聞きしません。ただ、藍華を……妹を……亡くした友人の墓参りに連れて行っていただけるのでしょうか？」

皇后が力強くうなずいた。

「もちろんです。わたくしは、当初の予定通り、後宮のみんなで御陵参りに行きます。大丈夫ですよ、許家の御二方。御陵参り出発の日の行列を楽しみにしていてください」

そして、許妃のほうを向いた。

「それから……許妃様、必ずや蒼妃様と馬を並べて御陵参りに行きましょう！」

許妃はすぐに言葉が出なかった。でも、自分がどんな顔をしているのかは、ニヤニヤしている兄二人の表情からわかる。

「では、冬来殿、お二人を送っていただけますか。そして、お戻りの際に、周辺の人払いを再度ご確認願います。わたくしは、許妃様とお待ちしておりますので」

「御意」

皇后の指示に、冬来が微笑むと拱手で応じた。

■　六　■

明後日に清明節を控えた御陵参り当日、栄秋の空は晴天だった。強行日程のため朝早く栄秋を出るというのに、宮城から街門へとまっすぐにのびる御街の大通りの沿道は、御陵参りの行列を見ようと多くの見物客が出ていた。

「おい、あれは……」

宮城に近いところで見物していた人々がざわめく。皇帝を乗せた御車、宮様方を乗せた御車に続き、供人が綱を引く馬に乗った煌びやかな衣装の一団が進んでいく。袖のほっそりした丸首襟の長袍を着て、腰のあたりは貴人の証明である玉帯で絞っている。見た目には男性の衣装だ。

だが、頭には笠帽と言われる籐で編んだ三角帽子に紗を上にかぶせたものをかぶり、横からは顔が見えないようにしている。

これは貴人女性が外出する際に被るものだった。また、その袍に描かれているのは花紋。この相国で皇妃だけが許されている文様だった。

「皇妃様方だ！」

ところどころで上がった誰かの声が全体に伝播していく。その中を、一団の先頭にあって一人だけ折り返し襟の長袍姿で、馬を供人に引かせずに進む姿があった。花紋は茉莉。許妃の宮、雅花宮の紋だった。

兄二人を帰らせたあと、冬来が戻るのを待って皇后が語った策は、かつて、蟠桃公主と許妃が使った手だった。

「男装です。我が宮には、先日より男装に造詣の深い女官が入りましたので、彼女に任せれば、みんな美青年です！」

男装が得意な女官とは、玉兎宮はどういう基準で女官を選んでいるのだろうか。首を傾げたくなる許妃の様子に気づかぬまま、皇后のほうは少々興奮状態で話を続けた。

「男装なんて、『花香君』の主人公みたいな体験ですよ。きっと読書会に参加している方の多くが賛同くださいます。あとは、どうしても御車でなければ移動不可という妃嬪の人数を絞れば、元からある御車に同乗いただくことも可能ではないでしょうか」

「お待ちください、皇后様。今回は慎重に行きましょう。今の相国でも、男装なら貴人女性が外へ出てもいいかはわからないじゃないですか？」

とにかく御陵参りまで日がない。確実な手を打っていかねば、本当に御陵参りに後宮妃嬪が参加できなくなってしまう。そんな懸念から、許妃は興奮状態の皇后を宥めようとしたが、意外としっかりした答えが返ってきた。

「おおむね大丈夫と思われます。高大帝国の後継者を名乗る相国は、官僚制度を早期に整えるために、初期の律令のほとんどを高大帝国で使われたまま導入しているんです。中には国の発展とともに修正したものもありますが、手つかずのままになっているものも多い。『貴人女性は男装なら外出可能とする』なんて、いかにも重要性が低いでしょうから、放置されているはずです。もちろん、法令に詳しい者に確認はさせますが」

「……感服いたしました。相国にいらして、まだ一年程度だというのに、そこまでこの国の歴史や法令にお詳しいとは」

「あ、いえ……これは……かつて勉強した残滓的な……」

皇后が慌てた様子で言うが、許妃はますます感心するばかりだった。

「おお、嫁がれる前から勉強されていらしたのですね」

蟠桃公主も嫁ぐにあたり、必死に威国語を覚えていたのを思い出す。彼女の場合は、例の女性向け大衆小説を、当時は喜鵲宮でいらした主上に威国語に訳してもらって、読書を楽しみながら様々な会話を頭に詰め込んでいた。

「……ところで、男装するとして、その衣装はどこから手に入れるんです？　皇后様を含めると最高で十五着の男性装束が必要になります。三台ある御車での移動を確実に選ばれるだろう妃嬪が数名いますが……それでも十着近く必要になるのでは？　だけど、また綾錦院に頼むには、時間が圧倒的に足りないと思われます。この際、城の外ですでに織られている絹を買ってくるなどしないと……」

これについても皇后はしっかりと考えてあった。

「新たに買うのはやめましょう。誰が敵なのかまだ見えていない以上、絹を買うという行為によって、何か先手を打たれる可能性は捨てきれません。……そこで、先日配布された初夏の絹地を使います。この間まで供人の上衣の件で手がふさがり、どこの宮でもまだ手つかずでしょうから」

本来なら初夏の絹地は供人の上衣を調整する時期と重ならないように配られるため、とっくに夏衣の仕立てに入っているはずだが、今回は時期が重なったことで手が回らず、たしかに許妃の宮でもまだ仕立てを始めていなかった。

そう、わざわざ外に頼まずとも、絹織物があれば、この後宮の皇妃と女官で縫製工房はできると、すでに証明されている。それに、前回と異なり各宮の主一人分の衣装を仕立てるだけだ、頑張れば間に合うだろう。

「あとは、どれほどの希望者がいるか、ですね」

実のところ、この皇后案にほかの妃嬪たちが賛同するか、許妃はまだ懐疑的だった。

だが、翌朝の皇妃たちを集めた場で皇后の発した一言により、読書会に参加する妃嬪の半数以上がこれに賛同した。

「いいですか、読書会の皆様。男装して騎乗なんていう『花香君』の主人公にでもなったような体験は、きっと今回しかできません」

読書会は妃嬪のほぼ三分の二が参加していたのだが、その半分の五人が主人公のような体験を希望し、喜んで男装するというのだ。女性向け大衆小説の力には、侮れないものがあると許妃は思い知った。

さらには、高大帝国時代の歴史体験と言われて、張婉儀が手を上げた。彼女の積極的参加の意義は大きく、非の打ち所のない『高大帝国貴人女性の男装再現』を実現するに至った。これで歴史と伝統を重んじるお偉方を黙らせられるというものだ。なにせ、高大帝国時代の貴人女性の行動を継承したものなのだから。ここに、初めから男装すると決めていた許妃と女官たちに勧められた周妃も加わり、男装皇妃はなんと八名。

なお、本人は男装をとても強く希望したが、最後まで内宮総監の許可が下りなかったということで、皇后自身は夫妻で馬を並べて進む蒼妃に倣《なら》い、皇帝の御車に同乗することになった。

したがって、残りの皇妃六名が元からある三台の御車に乗ることになった。一台に二人。

余裕である。

そうやって、いよいよ迎えた御陵参り。沿道には、見知った顔があった。兄二人だけではない。なぜか、許家の親族がほぼ揃っている。清明節なので、本拠の栄秋に集まっていたのだろう。里下がりでもしなければ会うことのなくなった家人たちの顔を見つけたことが、ここが普段は気軽に出ることのできない後宮の外なのだと、許妃に強く意識させた。

「藍華！ 似合ってるぞ！」

突然、野太い男の声が、許妃に掛けられる。いや、たとえ身内でも、さすがに大声で皇妃の名を呼ぶのはダメだろう。案の定、下の兄は年長の親族にタコ殴りにあっている。上の兄と父がそれを放置して、こちらに手を振っていた。後宮に入って、もうすぐ三年……懐かしさが強く胸にこみ上げる。

許妃は上げた右手を大きく振ろうとして止める。たくさんの人が見ているのは、我々が皇妃の行列だからだ。民衆の期待に応えるため、沿道に集まる栄秋の人々すべてに応じるように、優雅に小さく手を振った。

「皇妃様方！ 万歳！」

栄秋の人々がこれだけ受け入れれば、朝議もそうそう文句は言えない。そもそも法令上に問題がないことは、皇后が行部官吏に確認してある。さらには先例もあった。太宗（第二代皇帝）の寵姫が、男装で皇帝の視察などに随行していた。

今朝の出発まで、こうなることを知らなかった見送りの官吏たちは唖然としていた。それでも、皇帝、丞相筆頭、内宮総監が問題なしと言うならいいんだろう、という空気になっている。なにせ、いまさら御陵参りに皇妃たちが参加しないというのは、もっと容認できない話なのだから。一部には反発していた官吏もいたようだが、行部官吏が律令の根拠と先例を長々と語っているあいだに出発させてもらった。

「最終的には力業で勝った感じ」

呟く許妃のすぐ後ろにいた周妃が言った。

「許妃様、力業はここからよ。街門を出てからうまくいくかどうか」

皇妃の乗る馬は供人が傍らを歩き、綱を引いている。行列を見せるために街中を行く分にはいいが、強行日程を考えるとかなり遅い。

「そこは冬来殿を話に引き込んだ時点で対策済だから大丈夫よ。馬を引いている供人は、みんな後宮警備隊の面々だもの。街門出て少ししたら、馬に乗り慣れている彼女たちに任せて、二人乗りで一気に加速よ！」

清明節本番の儀礼に間に合うように、栄秋の街へ戻って来る。そこまでできてはじめて、このまだ誰とも知れぬ敵との勝負に勝てるのだから。

■七■

栄秋郊外の御陵は、小高い山を背後に持つ霊廟群から成る。早朝に栄秋を出て半日、霊廟へ続く石畳の道を進む頭上の太陽は、傾き始めていた。ここまで随行してきたが、皇室郭家の霊廟に入れるのは、皇族および郭姓を持つ者のみとなる。皇妃においては、皇族扱いとなる皇后のほかは皇子・公主を生んだ母妃のみ入ることが許されており、この決まりにより雲鶴宮明賢《めいけん》の生母である小紅も霊廟へと入っていく。

飛燕宮秀敬《しゅうけい》は、この一年で宮妃を迎えたため、報告のために呉氏を伴っている。これは、今回のみで来年からは飛燕宮本人のみ入ることが許される。

また、同様に初めての報告となるので、今回に限り、すでに他国の者となった蒼妃とその夫である蒼太子も霊廟への立ち入りを許された。こちらも、次の清明節では入ることは許されない。

霊廟に入ることのできない他の者たちは、霊廟入り口の左右に置かれた白虎の石像の前に並び、待機していた。

しばらくして皇族とそれに近しい人々が戻ってきた。中でどんなやり取りがあったのだろうか、霊廟から出てきた蒼妃は蒼太子に肩を抱かれ、涙ぐんでいた。

出てきた主上が全体に聞こえるように声を張る。

「一刻後には、この地を去る。余はこれより歴代皇妃・宮妃の廟へ向かう。希望する者は、供人も含め廟に入ることを許す。……その前に、今回の御陵参りには多くの随行を得られたことを嬉しく思う。我が皇后よ、色々とあったようだが、よくこの日を迎えてくれた。頼もしく思う。これからも余を支えてほしい」

主上の傍らの皇后がその場に跪礼する。

「もったいないお言葉です」

許妃は、皇室の霊廟の中で、威国との間に一区切りがついただろうことを感じた。蒼妃が相国の誠意を認める言葉を口にしたというところか。

主上の次に丞相が、この場に残る供人たちに対して出発に備えて馬の確認をしておくように指示を出す。皇妃たちは、供人姿の女官を伴い、自分たちにとっては本来の目的であった歴代皇妃・宮妃の廟へ向かった。墓参という身内しかいない感覚もあって、廟に入るにしても出るにしても、特に列を組むでもなく進んだ。

歴代皇妃・宮妃の廟は、見た目は皇室廟より小さいのに、中に祀られている人数は数倍以上となっている。香炉台の前の棚の上には、諡号《しごう》の書かれた牌《はい》が重なり合うようにして置かれていた。誰もが、その中の一番新しい牌の前で足を止める。ある者は祈り、ある者は涙する。

許妃もまた、范才人の牌の前に立ち、いまでは西王母の元にいるだろう友との短くも懐かしい対話を楽しんだ。

廟を出る時、ふと振り返った許妃は、最後尾にいる女官の姿を見た。玉兎宮の新しい女官だ。故范才人の妹で、名はたしか范玉香《はんぎょくか》だった。一時的に皇妃をしていた時とは、ずいぶん印象が違うが、あの意志の強そうな目は間違いない。

その玉香が、上衣の中からなにかを取り出すと、范才人の牌が置かれたあたりに混ぜ込んだ。たぶん、あれは牌だった。姉の傍らに、いったい誰の牌を……？　それが気になって、廟を出る人の流れを戻りかけ、許妃は足を止める。

姉の牌の前に立つ玉香は、その横顔も祈る姿もとても真摯だった。ならばきっと、その行為も、姉の想いを無視したものではないはずだ。このためにここに来た、そう言えるほどの想いが玉香自身にもあるのではないだろうか。

理由があろうとなかろうと、一介の女官が皇妃廟の牌に触れたなどと知れたら、かなり厳しく罰せられることになる。

それでも、姉の牌の傍らに、置きたいと願う牌があったのだ。

それは、もしかして、范才人のただ一人の侍女だった春華《しゅんか》の牌なのでは……？

許妃の脳裏に、ありし日の仲睦まじく寄り添う范才人とその侍女の姿が浮かぶ。

許妃は周囲を見た。廟を出ていく者たちは、許妃のように気まぐれに振り返ったりはしなかったようだ。とりあえず、玉香の行為が誰かに見られたということはなさそうだ。許妃は、そのことに安堵した。

「なにをもって正しいとするかなんて……」

許妃は目を閉じると、廟を出ていく人の流れに入る。なにも見ていないことにした。それだけが、亡くなった友人のために、今の自分ができることだと思ったからだ。

廟を出た許妃は、馬の調整を自分でするため霊廟を離れた。そこに声がかかる。

「お見事でしたね、許妃様」

振り向けば、皇家の礼服をまとった年配の男性が立っていた。

「……郭広《かくこう》様」

かつて、友人の叔父として挨拶したときのことが思い出され、自然と頭が下がった。

「妃位にある皇妃様に、様付けで呼ばれる立場にはございませんよ」

困ったように笑う顔は、当時とあまり変わらない。先帝の末弟とはいえ、三十代も後半に入っているはずだが、印象としてはまだまだお若い。

「男装というのは、よく栄秋の外にまで出ていらしたあなたらしい発想でしたね」

過去を持ち出されて評価を受けるのは、なんともこそばゆい。

「あの頃は、郭広殿にもご迷惑をおかけいたしました」

遠く北東の地では、まだ戦火が続いていたというのに、戦場から遠く離れ、空腹も知らず平和に過ごしていた幼い自分たちは、恵まれた環境を自らを包む退屈な檻《おり》のような場所だと思い込み、そこから抜け出すことばかりを考えていた。今思い返せば、あまり褒められたものではない。

「また本日も、我々皇妃一団のために速度調整をしていただき、ありがとうございます」

拱手してから許妃はそれが皇妃というより、武門の者としての挨拶になっていることに気づいた。男装をしているせいかもしれない。

郭広も少し驚いた顔で『大人になられましたね』と言って、遠い目をする。

「それにしても欲のないことです。あなたのおかげで、御陵参りを無事終えられたのに、主上からのお言葉を賜ったのは皇后様だけとは」

先ほどの件らしい。たしかに男装の発想は許妃の過去の話から得たものだろうが、実際に皇妃一団をこのような形で動かすと決めて、実行したのは皇后だ。

許妃からすればなにもおかしいことではないが、まさか皇后が女性向け大衆小説の主人公のような体験を持ち出して、皇妃たちに男装の説得をしたと説明するのもどうかと思うので、郭広の誤解はそのままにしておいた。

「皇后様は皇妃の大姉です。皇妃の代表として主上のお言葉を受けられるのは、なにも間違っていないと思いますが？」

許妃が言うと、郭広が目を細めた。

「ほう、変わられましたな。あの皇后様は『武人』ではない。許家の者が価値を感じる相手ではないと思いますが……」

兄二人と一緒にしないでほしい。許妃は背筋を正した。

「後宮に入って知りました。戦いとは、なにも力の強さを競い合うことではないのだと。戦い方は人それぞれであり、強さの尺度もまた人それぞれなのだ、と。あの皇后は、充分にお強いですよ、郭広殿」

目が合う。かつては、郭広の目を物静かで優しい馬のような目をしていると思っていた。

郭広にとって、蟠桃公主は姪というより歳離れた手のかかる妹だったのかもしれない。許妃の兄たちと同じく、いつも見守るような、甘やかすようなそんな目をしていたし、同じ目で姪の遊び相手である許妃のことも見ていた。

「……これは出過ぎたことを申しました。妃位の皇妃様のご不興をこれ以上買わぬうちに、御前を失礼させていただきます」

静かな決別を感じた。変わらないと思っていたが、やはり郭広は変わったようだ。今の彼は、許妃を官僚らしい怜悧な目で見ていた。

「……あれは、逃げたね」

背後から抱き着いてきた人物が耳元で言う。

「蒼妃様が睨んだからじゃないんですか？」

「驚かないのね？」

「……あなたの足音は、何年経とうが耳が覚えてますから」

蒼妃の手に力がこもる。

「会いたかったよ、藍華」

「…………彩葵《さいき》様」

子どものころのように、今は蒼妃となった親友の名前を、思わず口にしてしまう。

振り向けば、そこには懐かしい友の顔があった。

幼いときから変わらない、好奇心にキラキラと輝く目、意思の強さを感じさせる口元。

会いたいと思った。でも、会えるだけでいいと思っていたから、話したいことなんて考えていなかった。言葉が出ないまま、許妃は嗚咽を飲みこむために口を強く引き結んだ。

「バカ弟たちが面倒かけたでしょ？」

苦笑する声がやわらかい。

「いえ、面倒ごとは皇后様が一手に引き受けてくださっているので。問題なく」

「お、藍華の我が義妹殿への評価は本当に高いんだね」

許妃は小さく笑った。

「もちろんですよ。なんたってあたしは『皇后派』らしいですから」

蒼妃が「なにそれ」と首を傾げてから、ボソッと呟いた。

「そっかぁ。……今上の後宮はいい感じなのね、良かった」

言われて気づくがおかしな話だ。主上の寵愛が極端に偏っているところなんて、先帝の後宮となんら変わらないのに、たしかに今の後宮は、あの頃の皇城の雰囲気を肌で感じていた自分からすると、嫌がらせですんでいるあたり、マシというかゆるいというか……

「いい感じ」というか。許妃は、なんとも言えず唸ってしまう。

「そうそう、藍華。帰路でね、蒼太子が主上とお話をするそうなの。だから、もし藍華が良ければ、久しぶりに馬を並べて歩こうか」

それは昔と同じ、ちょっと栄秋の街に下りようかという軽い口調だった。

「あたしでいいんですか？　主上が蒼太子様と話すなら、彩葵様も皇后様と話したほうがよろしいのでは？」

男性陣が国の代表同士で話しているなら、女性陣もその代表同士で話し合うのが道理ではないか。皇后の面子を考えれば、蒼妃が一皇妃と馬を並べていていいような状況ではないはずだ。そう思って、許妃が問うと、蒼妃はにっこりとした。

「義妹殿とは本屋に行く約束したから、そのときにゆっくり話すし大丈夫よ！　それに、義妹殿は男装じゃないから、騎乗できないもの。……まあ、しかたないね、男装は官服に近いし、笠帽じゃ正面からは顔見えるから、気づかれる可能性が高すぎて」

唸るように呟いた後半はよく聞こえなかった。耳を傾けるため一歩寄ろうとした許妃の頭に、ある考えが過《よぎ》る。

皇后は男装できなかった。だが、あれだけ機転の利く人物が、決まりの上では問題のない男装の許可を、取れないわけがあるだろうか。これは、もしかして……。

『許妃様、必ずや蒼妃様と馬を並べて御陵参りに行きましょう！』

あの力強い声が思い出される。あの日、つい口にした言葉が、もっとも望んだことが、いま、こうして現実に……。

「ああ、今後は、あたし自らも『皇后派』を名乗らせていただきます！」

許妃がそう宣言すると、蒼妃がお腹を抱えて笑い出す。周囲が驚いた顔でこちらを見ている。たしかに、威国の王太子妃と相国の皇妃としては、ありえない姿なのかもしれない。大人になった今となっては、その立場が重くのしかかる。が、今はそんなことは気にしないことにしよう。

「彩葵様、帰路よろしくお願いしますね」

人生ってままならないことだらけだ。思った通りには進まない。いやなことも、うんざりすることも、毎日たくさんある。

それでも、ふとこんなふうに、思いもしない形で願いが形になることがある。いい意味で「ままならない」ことだって起きるんだから、人生も捨てたもんじゃない。

せっかくの機会だ。時には、幼い日に返るのも、きっと悪いことではないだろう。そう思って、許妃は繋いだ愛馬の元へと駆けていった。

第五話

目迷五色〔もくめいごしき〕

■　一　■

相国の都である栄秋は、虎児川が白龍河に注ぐ河口付近にある。高大帝国時代の末期に政争に敗れて西へ逃れた郭兄弟が、中央地域からの距離や内陸へ向かう河川に近い水運の利便性の高さを考えて、元州都であった栄秋をそのまま国都に定めた。

大陸西側は、高地・山岳地帯が大部分を占め、街道を通すよりも大小の河川を利用した水運のほうが昔から発達していた。

栄秋も虎児川から引いた運河を数本街中に通している。この運河を利用する小型の運搬船は、虎児川河口に整えられた大きな港で荷を積み下ろししていた。この港は郭兄弟の弟のほう、二代皇帝となった太宗によって整えられた。まだ彼が藩王と呼ばれ、南部地域の統治を任されていただけだった時期から、貿易によって国全体をまとめ上げることを兄である太祖に提言し、山々によって分断されていた大陸西側をいくつかの運河を通して繋ぎ、さらに大陸西岸の大きな街を港湾都市に発展させた。

虎児川河口の栄秋港も藩王によって小さな漁村から本格的な港に整えられたものであり、都の一部であるという扱いから、栄秋の街門の外にもかかわらず、栄秋の名を冠している皇室直轄の港だ。

その歴史ある栄秋港に三隻の大型輸送船が入港してきたのは、清明節前日の昼頃のことだった。栄秋のあたりは対岸が霞んで見えるほど白龍河の河幅がある。その大河を上《のぼ》ってくる威国の船は、初め三つの点のように見えた。港に近づくにつれ、徐々にその大きく威圧感ある姿を現わす様子は、歴史書に記載する価値があると張折は感じた。

「用途が違うのだから比べるものじゃないが、相の軍船が頼りなく見えるな」

威国からの船は国賓同等の扱いである。南海から白龍河に入る西界からは、相国の軍船が護衛としてついていた。よくよく見れば、軍船以外にも中型の輸送船が幾艘かついてきている。西界の商人あたりが、大型輸送船導入による商機を嗅ぎつけて、追いかけてきたようだ。

「軍船をあんな大きさにしてしまったら、小回りが利かなくて敵の的になるだけだ。せめて、海船と比べてくれないか」

呆れるように春礼《しゅんれい》が反論する。今回、栄秋港の警備を担当するのは、通常の栄秋港に配置された警備兵でなく、春礼将軍が率いる禁軍の一大隊だった。そのため、国賓と皇室の方々がいるこの場で、春礼は通訳を任じられている張折の隣に立っている。

「海船じゃ、白龍河のこの辺までは入ってこられないから見比べられねえって」

海船とは、大陸西岸の港を整えた太宗が、造船務という部署を設置して造船技術者を集めた上で作らせた相国独自の物資運搬用の木帆船である。船底が逆三角に近い形状をしていて、水深の深い海を進むのに適しているため、明景や西界のように南海に面した相国東側の貿易港に西岸の物資を運ぶために使われている。

今回、威国から技術提供を受けようとしているのは、同じ木帆船でも船底が平らで船首の四角い船になる。これは、浅瀬を航行するのに適していて、海ほどの水深はない白龍河を上っていくことができる。なお、陸から遠く波の荒い外洋向きではないが、そのまま海岸線に沿って浅い海を進むことも可能だ。

実際、蒼部族の地を出港したこの三隻は、大陸東の大河黒龍河を下って凌《りょう》国を通り過ぎて南海に出ると、華国を北に見ながら大陸西までやってきた。

「なんとか清明節前に間に合いましたね、良かったです。ね、蒼妃？」

明るい声で言ったのは、国賓の蒼太子だった。大陸の東側で長く船を航行させてきた蒼部族も、今回のような長い航路は初めてのことで、三隻の栄秋到着がいつ頃になるか正確には計れないとの話だった。それを今日に間に合わせたのだから、蒼部族は造船技術だけでなく、操舵手の腕も良いのだろう。

港に集まった見物人たちが船を見上げて歓声を上げる中、弱々しい声が間近でした。

「あ、う……ん。草原地帯にある元都ではこの大きさの船なんて見ることはないから、私もこの大きさの船は初め……て……」

威国の都である元都は、大陸北部の草原地帯に築かれた巨大な街だが、栄秋のように近場に自然の河川はなく、かなり離れた場所にある河から元都の中まで運河を引いている。それらは、幅も水深も白龍河よりはるかに狭くて浅い。小型船を通すのがせいぜいだ。

威国の太子というのは、次期首長が決まるまで、首長候補として元都の宮城で過ごすことになっていて、部族の本拠に行くのも年に数回程度だと聞いたことがある。また、太子妃はそれに従うことなく、夫の不在中も元都の宮城に留まるものらしい。これは、元都が威国十八部族を束ねる黒部族の本拠であり、太子も太子妃も基本的には各部族から出させている人質に等しいからだろう。

だから、蒼妃は蒼部族の本拠である威国東部へは行ったことがなく、蒼部族が誇る黒龍河に浮かぶ船を見たこともないはずだ。いまも船を見上げる加減がわからず、身体を大きく仰け反らせている。

「わっ、大丈夫？　やっぱり宮城で休んでいたほうが良かったんじゃない？」

身体をふらつかせていた蒼妃を、蒼太子が心配そうに支える。この二人はまた人目も憚《はばか》らず、と言いたいところだが、肝心の周囲の人目が彼らを気にしてない。疲労から半眼になっている者がほとんどだからだ。

それというのも、強行日程の御陵参りから皇室の面々と皇妃たちが帰還できたのが、今朝のことだったためだ。昨日早朝に都を出て、半日かけて現地に到着する御陵参りは、どうしても帰路に夜を挟むため、進めるところまで進んで近くにある街で夜を明かし、日の出とともに出立することになる。

早朝から馬車に揺られ通しで帰京した皇室の面々の中でも、宮様方は特に疲労の色が濃い。しかし、外交は宮持ちの皇族の重要な仕事の一つである。飛燕宮とその妃、雲鶴宮とその母妃は、威国船の到着を出迎えのためにこの場に居るわけだが、蒼妃同様にかなりお疲れのようだ。

「秀敬兄上、威国船の出迎えは終えましたから、義姉上とご一緒にお下がりになったほうがよろしいのでは……？」

長兄に声をかける皇帝は、中身が軍務経験によって鍛えられた元武官なので、こんな状況でもずいぶん元気である。また、その傍らに居たはずの皇后は、どこかに行って戻ってきたかと思えば、急遽この場に椅子を運び込ませていた。

「椅子を用意させました。せめてお座りくださいまし」

こちらはこちらで下級官吏十年の間にすっかり激務慣れした元官吏が身代わりを務めているため、半ば屍と化している人々の中にあっても、まともに動けている。

意外なのは、元引きこもり皇帝が入れ替わっている白鷺宮。張折としては、元武官の白鷺宮がぐったりしていては、入れ替わりを疑われる一因になりはしないかと懸念していたが、立ち姿に疲労の色は窺えない。その傍らに立っていた冬来に至っては、まるで屍と化した状態の皇族を皇后が用意させた椅子に座らせる手伝いをするほど体力に余裕があるようだ。

張折の視線を感じたのか、白鷺宮が歩み寄ってきた。

「この程度たいしたことないですよ、先生。冬来の後ろに乗せられて、馬で地方回りしてましたからね。翔央を装える程度には鍛えられています」

元教え子二人の妃は、つくづく有能だ。

「あちらも姉上がぐったりされている以上、この状況に外交上の抗議が来るということはないでしょうが、あまり褒められた状態ではないですね。出迎えの儀礼は早々に区切りましょう。船の内覧や技術者同士の交流に重きを置くほうが、威国側としても有益なことが多いでしょうし」

叡明はそう言うと、今度は船を見上げながら蒼太子と話をしている皇帝の元に歩み寄り、なにやら耳打ちする。

「殊勝なことを言ってるが、アレは本人が歴史的瞬間に気が急いてるだけじゃねえか」

呟いた張折のすぐ横で春礼が笑いをこらえてプルプル震えていた。

■二■

ぐったりしていた皇室の方々の中では、やはり若さか、雲鶴宮の明賢がもっとも早く回復した。双子の兄たちの後ろについて、船へ入る渡り板を元気よくトコトコと歩く姿を、少し離れたところから船を眺める見物人たちが「お可愛らしい」などと評しているのが張折の耳にも聞こえてくる。

だが、見た目が愛らしい子どもだからと言って、中身もそうとはかぎらない。船の甲板に立ち、竹を薄く削いで編んだ縦帆を見上げるなり、まったくもって可愛くないことを言い出した。

「ねえ、僕も一隻ほしいんだけど、仲介を任せたら、どのくらいの値になる？」

問われた西界の商人が変な声で呻いた。

この威国船内覧の場になぜか西界の商人たちが居るのは、彼らが縁あって皇后と明賢の母妃の小紅に挨拶に来たことに始まる。小紅が御陵参りの疲労から回復していなかったので、明賢が母に代わって、皇后と二人で西界の商人の挨拶に応じることになった。

これが、ちょうど船に入る直前のことで、場を離れる許可を求めた皇后と明賢に対して、皇帝が『せっかく船内が見られる機会なのに』と惜しみ、逆転の発想で挨拶に来たはずの商人たちに船の中への随行を許可すると言い出したのだった。

この内覧には、蒼太子と威国の造船技術者も同席しており、張折は通訳に駆り出された。なお、相国側の護衛には、春礼と冬来の二名がついている。

「……それは、我が国で船を造らせるという話ではなく、あちらの船をお買い上げになるということでしょうか？」

西堺商人の何遼《かりょう》が言った。行部に居る弟の何禅《かぜん》と同じ巨躯を、雲鶴宮に合わせて小さくしている。驚きながらも若干目を輝かせているのは、自身が船で荷物を運ぶ輸送業を営んでいるからだろうか。造船技術の説明より、すでにある船を使うほうがはるかに興味を惹かれるのだろう。

「うん。だって、せっかく造らせても、新造船をちゃんと操れる者がいないと意味ないでしょう？　操舵手を育てるためには、実物あったほうがいいと思うんだよね」

十歳にも満たない年頃の子どもが考えることではないだろう、と張折は額に手をやる。思わず、蒼太子と話しながら歩く元教え子の後ろ姿に目を向ける。あの兄にして、この弟というところか。

とはいえ、雲鶴宮の言っていることは正しい。栄秋港に入った三隻のうち、二隻は蒼太子の一行が帰路に使うことになっている。今回の造船技術提供の話がまとまっても、相国側に残る船は一隻だけだ。その一隻は、栄秋港で陸揚げし、造船技術を教えるための見本として使われることになっている。そうなると、海も河も航行できる相国初の船を動かす技術者を育てるのが、後回しになってしまうわけだ。

「さすが雲鶴宮様。深いお考えをお持ちにございますな。宮様のお言葉とあれば、我ら西堺の商人、手を尽くして、ご用意いたしましょう」

陸揚げされて見本となっても、栄秋に一隻与えられることには変わりない。古参の栄秋商人たちとは、なにかと反目し合う西堺商人としては、この話に乗らないわけがない。同時に雲鶴宮が欲したからというのは、威国からの船購入に対外的な言い訳が立つ。

「じゃあ、価格をつけるんだから、ちゃんと物を見ようね」

購入にあたって、商人がぼったくられることも、自身がぼったくられることもないようにということらしい。本当に何歳なんだ、このお子様は。張折は呆れつつも、この会話に首を傾げている造船技術者に、二人のやりとりを訳して伝える。彼らとしても、威国の皇室から一隻購入注文をもらえるのは大きい商談だ。やる気に目が輝いている。

『では、ぜひ船内を見てほしいです。大量の荷を運ぶことに特化した船倉になっておりまして……』

造船技術者は、物資運搬船として性能の高さを見せようと、内覧する一団を船倉へと案内する。港に停泊している船の中は、大型輸送船といえども今は荷も積まれておらず、板敷の広い空間があるだけだった。だが、それがいい。この船倉のすごさが直感的に見て取れる。柱や仕切りは最小限に留められ、天井の高さも十分にある。また、床板を踏んだ感じから、重い荷を支えるために床の強度もかなりのもののようだ。

「これは……大型の荷を載せるのも楽そうだな」

張折は思わず呟いた。元軍師として、つい大型の武器や大量の兵站を一気に運ぶところを想像してしまう。陸上を馬と荷車で移動させるのと比べ、かかる日数も費用もかなり抑えられるはずだ。

威国語でなくても、感心していることは伝わったのだろう。造船技術者が嬉しそうに張折に語る。

『この船倉であれば、これまでにないほど大量の荷を積むことができそうでしょう？　でも、それは船倉の構造の工夫だけで成し遂げているわけではないんです。この船の最大の特徴は船底の構造にございます』

彼は立っている床の下を指さす。

『技術的にとても大事な部分になりますので、相国の皆さんにお見せするわけにはいかないのですが、我が部族が長く蓄えてきた知識と経験のすべてを注いだ……』

言葉を遮るように、足元で大きな音がした。物が激しくぶつかる衝撃音に、船体もわずかながら揺れているような気がした。

『なんだ、今の音は？　内覧時に整備か？』

船倉の壁板を前に双子と話していた蒼太子が、造船技術者に駆け寄ってくる。

『ありえません。船底の確認作業は入港直後に済ませております』

言いながら彼は船倉を船尾方向へ走り出す。それを追いかけた張折は、奥から出てきた何者に造船技術者が突き飛ばされるのを見た。そのままの勢いで自分に向かってくる者を反射的に避け、張折は後方に叫んだ。

「春礼！」

名を口にした次の瞬間、張折の背後で床板に何かが打ちつけられた音がする。

「よしっ」

張折は身を翻し、護衛として一団の最後尾にいた春礼に駆け寄ると、友人は床板に引き倒したものを見下ろしながら渋い顔をしていた。

「……いや、よくない状況だ」

春礼は、その場にしゃがみこむと、足元に横たわる人間を仰向けにする。それは、見慣れた緑衣の官服をまとった男だった。すでに息はなく、口元から流れ出た血が床板に小さな染みを作っている。

『……これは、いったいどういうことでしょうか？』

蒼太子が問いかける声が、荷のないがらんとした空間に冷たく響いた。

「……これはマズいな。この船の機密区域から、我が国の官吏が出てくるなんて」

張折は頭を抱えたくなった。

「たしかに、下級官吏の官服だが、見た目通りとは思えない。船底から出てきたときは明らかに逃げようとしていた。それが、捕まったら即時に頭を切り替えて自害した。そんなことができるのは、そういう訓練を受けた者だけだ。ただの官吏ではあるまい」

春礼は言うと、すぐに船底の確認に向かおうとする。それを見て、蒼太子が相国語で制止する。

「待ちなさい。船底は技術者たちの聖域であり、私も入ることが許されぬ場所だ」

言われた春礼は、自国の長に訴えた。

「主上、先ほどの音と振動から言って、この下でなにかが起こりました。安全上の問題であり、すぐにでも確認が必要です」

これに応じたのは、白鷺宮のほうだった。

「ダメだ。この船は威国の所有する船であり、すべての権利は威国側にある」

張折としても、これは友人を止める側に回らざるを得ない。

「春礼将軍、白鷺宮様のおっしゃるとおりだ。ここは威国の一部で、できるのは、目の前に見えているものをよく見ることだけだな」

転がる遺体を改めて見てから、張折はわずかに背後を確認する。皇后が両手で明賢の目隠しをしている。

できれば、子どもにはこの場から離れてもらいたいところだが、張折としては、それが安全か判断しかねる状況でもあった。この緑衣の男が一人で船内に侵入していたのかどうかがわからない。だいたい、一人であろうと複数であろうと、いったい何のために船底へ潜んでいたのだろうか。

『この船底に侵入したと思われる者は、相国の官吏ということで間違いないですか？』

『官服を見る限りは……』

蒼太子に答える白鷺宮も苦しそうだ。これに造船技術者が声を荒げた。

『相国の者が、船底の構造技術を盗むために忍び込んだに違いない！』

だが、ここで張折の背後から強い否定の言葉が威国語で入る。

『いいえ、その者の目的は違うところにあると思います』

蓋頭を被ったその皇后は、両手は明賢の目を隠したまま、その場の空気に全く遠慮することなくハッキリと言った。

■　三　■

皇后としてよりも、陶蓮珠本人としての彼女が表に出ている。そう感じた張折は、蓋頭越しに元部下と目が合った気がして、改めてこの場の顔ぶれを確認した。

いまこの場にいるのは、蓮珠の身代わりを知っている者が多い。

だが、威国側の護衛も造船技術者もいるし、相国側には西界の商人もいる。彼らのような政を生業としない人間たちに皇后の入れ替わりの秘密が知られれば、どこへどのように話を流されるかわからない。国家間の力関係も派閥の理屈も通じない者たちだから、絶対に知られてはならない。

だが、同時に皇后の言葉や考えを、たかだか一部署の長が止めることも不自然に映るだろう。そうなると、張折にできるのは、この場で皇后を止められる唯一の存在である主上に制止の合図を送ることだけだ。

『こちらで動くのは良くないと思われるので、威国側のどなたか、その者の持ち物を確認してください。船底の構造を記した紙などを持っておりますでしょうか？』

蓮珠の問いかけに、恐れ多くも蒼太子自らが男の持ち物を確認した。

『これといった物は持っていないようです。紙もないな……だが、それで技術を盗んでいないことにはならないのでは？』

蒼太子は立ち上がると、率直な疑問を口にした。これに皇后が別の質問を返す。

『そちらの技術者の方は、船底の構造には、蒼部族の知識と経験のすべてが注がれているとおっしゃっていました。それは、素人が何かに書き留めることもなしに船外に持ち出せるような単純なものではないと思いますが、いかがでしょうか？』

それに対して、造船技術者が答える。

『恐れながら、この者が相国の造船に関する技官であれば、紙などなくとも……』

相国には造船務という専門部署があることを、威国の造船技術者も知っているようだ。同じように造船の知識を有していれば、見てわかってしまうこともあると考えているのだろう。

『いいえ。そもそもこの者、技官どころか官吏ですらございません』

明賢を西界の商人に任せると、皇后は遺体の足のほうに回り込んで、袍の裾を軽くめくると履物を指さす。

『この男の履物を見てください。相国官吏は規定により、履物は衣の色に従うことになっています。しかしながら、この男性は緑衣に黒地の履物にございます。このように倒れでもしないかぎりは、履物は袍の裾に隠れて見えませんから、気づかれないと思ったのでしょう』

張折は頃合いとみて、二人のやりとりを通訳しているふりをして、主上に皇后を制止するように耳打ちする。

「……なるほど。見えるところだけ下級官吏に仕立てたということか」

翔央がそう呟いてから、蒼太子に威国語で尋ねる。

『蒼太子は、どこの手の者だと思われますか？』

その言葉は、はきはきと状況を整理する皇后に向けられていた人々の意識を、うまい具合に再び遺体とその目的に戻した。相国人以外の企てである可能性を指摘したことで、威国側も態度がやや軟化する。

門外不出の技術があるから、技術を盗む・盗まないの話になったが、そもそも今回の造船技術提供が決まれば、相国側には危険を冒して船底の構造技術を盗む理由がない。

『逆も考えられますね。……相国がこの船の技術を手に入れないように、二国間に溝を作るのが目的であるとか』

張折が言うと、隻眼の白鷺宮がうなずいた。

『わざわざ相国の下級官吏の格好をしていること自体が、この男の企ての一部であると考えていいでしょう。だとすれば、先ほどの衝撃音とわずかな揺れもまた、賊の目的そのものでなく、企ての一部なのでは？　この男が船底で何かをしていたのは確実です。やはり船底を確認する必要があると思いますが……』

白鷺宮が言うと、蒼太子が小さくため息をつく。

『結局、船底に入れろという話ですか？　目的のために手段を択ばぬ人だ』

張折は、おやっと思った。叡明個人がこの手の反感を買うのは、じつは珍しい。玉座に座っていればたしかに色々と言われることもあるが、それはあくまで皇帝に対するものだった。

蒼太子の言葉に叡明が反論の一つもしないとなると、反感を買ってしまった理由を本人もわかっていて、かつ納得しているということなのだろうか。この二人、何かあったようだ。もしかすると、御陵参りの際、郭家の祖廟内での出来事だろうか。郭家の祖廟に入る資格を持たない張折は、祖廟の外で待機していただけなので、何があったのかは、わからない。ただ、祖廟から出てきたときに、あの気丈な蒼妃が涙ぐんでいた。それに叡明がかかわっているのだろうか。妻の涙の原因が叡明だとすれば、蒼太子にとっては反感の充分な理由になるのかもしれない。

この微妙な空気を見かねたのか、皇后が半歩前に出て、蒼太子を促した。

『蒼太子、まずは船底でこの男が何をしたのかを確かめるべきです。相国側への不信は理解しております。ですから、これもまた威国側の方に動いていただきたい。どうか、すぐにも船底をご確認いただけますようお願い申し上げます』

相国の者は立ち入らないから……と言われては、威国側としても強硬姿勢を崩さざるを得ないようだ。

『いいでしょう、白姉上のお言葉ですから。……至急、船底の調査を。まだ他の者が潜んでいたときのために、武官を伴って降りてほしい。お前たちに何かあるほうが心配だ』

『太子様……、なんてお優しい』

造船技術者が目を潤ませている。これが決定打で、威国側は先ほどまでのかたくなな態度を一変させて、さっさと船底へと入っていった。

ほどなくして戻ってきた造船技術者とその護衛は、出かける前よりも確実に、より厳しい顔になっていた。

『船底に人の気配はございませんでした。……ただ、ある場所に斧を振るったような跡がございました』

「この男の目的は、船底に穴でもあけようというものだったのか？　だが、穴をあける前に我々が船底の異常に気づいて駆けつけようとする音に慌てて、船底から出てきたということなのかもしれないな」

張折が言うと、翔央が待ったをかけた。

「待ってくれ。……この男は斧など持っていない。船底にも落ちていたという話はなく、斧を振るったような跡だけがあったと？　……では、斧らしき何かは、どこに？」

両国に等しく、張り詰めた空気が襲い掛かってきた。

「もしかして……ほかに誰かが居たということか？　この男は、その誰かを逃がすための囮だったということも考えられる」

張折がひとつの可能性を提示すると、その可能性に両国の護衛が同時に周囲を窺う。

「その誰かが誰であれ、目的を達成していない以上、消えた斧らしきもので、もう一度仕掛けてくるだろうな」

翔央が嬉しくもない予想を口にすれば、蓮珠が唸った。

「相手が次の手を仕掛けてくるのを待っている時間はありません。明日には威国の方々は栄秋を出立されるのですから、それまでになんとかしないと……。そんな恐ろしい者を乗せたまま、お帰りいただくわけにはいきません」

「かといって、とっ捕まえるには情報が少なすぎるだろ。わかっているのは、船に穴をあけようとしているらしいってことだけだぞ。どう捜索する？」

張折が言うと、翔央が船倉の天井を仰ぐ。

「その穴をあけようとしている三隻は、いずれも威国船だ。こちらには捜索する権限がそもそもない」

追い込んでいるのか、追い込まれているのか。そんな状況を打破する方法は何かないかと考えていると、ひときわ元気な声が入ってきた。

「兄上、すごく簡単に捜索できるようになる方法がありますよ。その見えない誰かを『相国の船』にお招きしちゃえばいいんですよ！」

そう言って、明賢がニッコリと笑う。年相応の可愛らしさとは無縁の、背筋が冷たくなるような笑みだった。

■　四　■

日が傾いても、栄秋港に集う見物人の数は減りそうにない。これから清明節の墓参りに行くついでに港に立ち寄った者もいれば、中規模客船で地方から栄秋に戻ってきて船を見ていく者もいる。

「三隻のうち一隻は、このまま相国の船になるらしい」

商家の者たちだろうか、港に停泊する船を一望できる楼観《ろうかん》から威国の大型輸送船を指さしながら騒いでいた。見た目から相国の者だけでなく、威国からの商人も居るようだ。

この日、港に詰めかけているのは、商人だけではない。外交に関わる礼部や河川事業を担う工部といった所属部署に関係なく多くの中央官吏たちも見物に出てきていた。董世《とうせい》もそのうちの一人だ。

「あれが栄秋港に残る船か……」

董世は止まぬ歓声から少し離れた場所で、威国船を眺めていた。

楼観から見下ろすことで、より威国船の大きさを実感する。三隻の大型輸送船の周囲を囲む相国側の警備用小型船が、波間を漂う木の葉のように頼りなく見える。

造船技術提供の話が成立すれば、三隻のうち一隻が相国に残ることになっていた。皇族の内覧によって、その一隻に決まったのか、両国の国色旗が掲げられ、金銀の錦布を帆柱に渡した船が見える。

「……あれだけ派手に飾り立てるとは、なんともわかりやすいことだ」

董世は、一旦視線を空に向けた。

「夕刻が近い。失敗か……」

当初の予定では、とっくに三隻が白龍河に沈んでいるはずだった。威国船の入港を歓迎する皇族の目の前で沈めてやるつもりだったのに。

「今のところ、警備に動揺は見られない。失敗したが、あの男も見つからずに逃げきれたというところか……」

菫世は眉を寄せた。楼観から見下ろす港の警備に変化はない。金で雇った男は捕まったわけではなさそうだし、捜索されている様子もない。

「斧ごときでは沈められなかったか」

斧で船底に穴を空け、次々と沈めていく予定だったが、船底の構造の違いに手間取っているうちに、船内に人が入ってきてしまい、その場を離れるよりなかった。斧を振るうのは非力な文官の自分には向かないからと、金で雇った男に後のことは任せることにして、船底を出てすぐに二手に分かれた。その後、菫世は港をうろついている官吏にうまく紛れ込んで、とりあえず船から離れることには成功した。

「今度は確実だ。それに、私一人でもできる」

菫世の足元には、木箱が三つ重なって置かれている。箱の中には、こぶし大の火薬玉をいくつも入れてある。ただ、菫世の落ち着き払った様子は、そんな危険なものを持っているようには見えない。一見すると実家からの土産を持って都に戻ってきた下級官吏というところだ。

「明日の朝議が造船の件を知らしめる場になるだろう。それまでにあの船を……」

董世は飾り立てられた一隻に狙いを定めることにした。三隻すべてを沈めずとも、とにかく一隻でいいから、明日の朝議の前までに確実に沈めねばならない。

単純な話だ。大勢の相国民の目の前で、威国の船は使い物にならないのだと証明すればいい。あまり派手にやってはいけない。相と威以外の国の干渉を疑われては意味がないからだ。

「それじゃあ、ダメなんだ」

とにかく、威国の船の信用を下げ、白龍河で彼の国の船は浮かべられないのだと多くの相国民に未来永劫思わせなければ、今回の話が流れても次の話が出てしまう。

この国にだって、海船がある。太宗が造らせた正しく相国の貿易船だ。船はそれで十分ではないか。なにも、わざわざ蛮族に教えを乞う必要などない。

「これできっと栄秋の民も目を覚ますはずだ」

威の公主が相国の皇后を名乗るなど、あってはならない。呉太皇太后が存命であったなら、絶対にお許しにならなかったはずだ。それを歓迎し、立后式で『皇后万歳』などと声を上げた栄秋の民には目を覚ましてもらわねばなるまい。

「威皇后など……認めるものか」

だからこそ、董世は志を同じくする者たちとともに、清明節の行事から皇后を自称するあの女を排除しようと試みた。礼部や太常寺にいる仲間と、正しくない皇后には、儀礼に必要なものを一切回さないように手を打った。

しかし、それをことごとく潰された。

太祖の敷いた官僚国家である相国で、あの女は、礼部も太常寺も無視して、いっさいの官僚を抜きにし、後宮だけで事を進めたのだ。

「太祖の崇高なるお志を否定するなど、とうてい許せぬ」

正しいのは、この国だけだ。あの女の生まれた北部の国・威は蛮族の寄せ集めでしかないし、東の凌国も南の華国もしょせんは高大帝国に封土を与えられた者が為政者を名乗っているに過ぎない。帝国崩壊後も殺し合いを続け、すでに別姓を名乗るようになった今の中央地域の自称帝国後継者も間違っている。

帝国末期にこの大陸西部に逃れた郭姓の者こそ、正しく高大帝国貴族の血筋にあるのだ。

「正しくあらねば。……この国の官吏として」

董世にとって『正しさ』こそが、すべてだ。太祖は政争に負けたというが、そうではないのだ。正しさを貫くには、あまりにも帝国の中枢が腐敗していただけだ。だから、自らの正しさを証明するために相国を建てた。それから百五十年、太祖が都と定めた栄秋は、大陸に名だたる貿易都市になったではないか。

「正しいのは、我々だけだ。……間違いを混ぜてはいけない。まだ間に合う。今度こそ、証明するのだ」

菫世は、己の正しさを世に示すために威国船に乗り込んだ。引き渡しの準備に忙しいのか、官吏がひっきりなしに出入りしていて、紛れ込むのは難しいことではなかった。こんなことなら、最初から自分一人でこの時間にやればよかった。替えの官服を雇った男に与えてしまったのが惜しまれる。逃げおおせたのなら返してほしい。雇った目的は達することができなかったのだから。

木箱を三つ小脇に抱え、菫世は船底へと向かった。船内の官吏は誰もが忙しそうに動いていて、菫世を気にする者もない。また、菫世のほうも二度目の船底潜入で緊張感も薄れ、人目を気にして扉を開ける手が震えるということもなかった。

入った船底は、手元の灯り以外にわずかの光もない。一度目は金で雇った男と二人分の灯りがあったが、今回は一人分しかなく、一歩先を照らすのもやっとだった。

この船は、海船と構造が全く異なっている。菫世は、工部に所属していたころに海船に何度も入ったことがあるし、ほかの相国の船の設計図もかなりの数見てきた。だが、威国船は船底の縦板と横板の配置が独特だ。海船であれば、構造を把握しているので多少視界が悪くても平気で歩けるが、この船は慎重に足元を確認する必要があった。

「まあ、帰りはあけた穴から出ていくのも手かな。……この時期なら多少水に濡れたところでたいしたことあるまい」

董世は、ある場所で止まると周囲をよくよく見る。真っ暗であろうと手元の灯りで多少は視界が確保される。その見える範囲で自分の位置を確認した。

船底を縦に四等分したとして、その四分の一あたり。船首よりは中央に近い位置にあることを確かめて、木箱をその場に置いた。ここは三本ある大きな帆柱のうち、船首に近い帆柱の根元にあたる。柱付近にしたのは、船の構造上、どのあたりなのかの目印としてわかりやすいからだ。また、前のほうを狙うのは、船の進行方向にあった川底の堆積物によって船底をやられたのだと思わせるためだった。

董世は、帆柱の根元近くに箱から出した火薬玉を並べると、そのうちひとつの火薬玉に繋がる導火線に灯り用の蝋燭の火を近づけた。ひとつが爆ぜれば、ほかの火薬玉に連鎖する。だから、長めに作らせたこの導火線一本に火をつければ、それで終わりだ。

「そう、これで終わりだ……」

「はいはい、そうだな、これで終わりにしようぜ」

暗闇のどこからか、からかうような声がして、董世の手が止まった。

軍師時代に鍛えた夜目がいまだ健在な張折の目には、無言のまま逃げようとしたのか、男がその場を立ちあがり後ろに下がる姿が見えていた。同時に手にした灯りで、こちらを照らしてくる。その目が大きく見開かれるのまで、しっかり見えた。

「なぜ……この船の中に、栄秋府の捕吏が？」

この場に捕吏がいることに驚いている。他国の船の中では、相国に警察権がないことを知っているのだ。やはり、こいつは政治や法律について知識のある、本物の官吏で間違いない。ようやく見えなかった相手を引きずり出せた。張折の口角が自然と上がる。だが、張折の比ではないほど口角が上がっている人物が傍らに居た。

「どうして、この船に栄秋府の捕吏がいるのかですか？　そんなの、この船が相国の船だからに決まっているじゃないですか！」

明賢の口調は、新しいおもちゃを誇らしげに見せようとする子どもそのものだ。だが、子どものおもちゃにしては金額も大きさも桁違いの代物である。続く言葉も年相応とはほど遠い、なかなかえげつないものだった。

「新造船じゃないから中古船価格にしてもらったけど、それなりに高いお買い物になったので、大人しく捕まってくださいね。せっかくの船に傷がついたら、僕すごく悲しくなって、泣いてしまいます」

現時点で泣いているのは、急遽大型船の商談をしなければならなくなった西界の商人たちのほうだと思うが……。相場の下調べをする余裕もないまま、皇子様のお買い物に巻き込まれたのだから。まあ、口にはすまい。

「そういうことだ。この船は明日の引き渡しのために、派手に装飾してもらったわけじゃない。もうすでに相国の船だから、好き勝手に飾らせてもらったんだ。いかにも威国が相国に残していく特別な船に見えるようにな。目的はもちろん、お前をおびき寄せるためだ。……残念だが、この船を狙おうとした時点で、お前の企ては潰えるようになっていたというわけだ」

張折は、傍らの春礼将軍に合図して、まずは桶一杯の水を男に浴びせかけた。火種となる蝋燭の火はもちろん、導火線も使い物にならないようにしておく。

「でかい船のだだっ広い船底だからな、待ち伏せも容易だ。なにせ、お前さんは他にも狙いやすい場所があるのに、わざわざ船底を選んで、斧なんて地味な方法で穴をあけようとした。となると、船をただ沈めたいわけじゃない。狙ったのは、人為的ではない原因で船が沈んだように見せることだろう？　その狙いがわかっていれば、次は堆積物で穴があいたように見せようとして、船首に近いどこかに仕掛けると、簡単に予測できる。仕掛ける場所がわかったなら、この船に誘い込んで、この場所で待っているだけでよかった」

今度は春礼が部下に合図を出す。軍の夜襲訓練も受けている彼の部下たちは、灯りのない場所でも速やかに男を囲み、取り押さえた。

船底から船倉の階層へ男を引きずり出せば、そこかしこに灯された蝋燭の火によって、男の表情がハッキリと見えた。生真面目そうな顔立ちにこれでもかというほど不満、不服、納得のいかなさを露わにしている。そして、なによりも目的を達することができなかった悔しさが目元を険しくさせていた。

「まあ、わかるぜ。威国の船を沈ませるなら、今日を逃すわけにいかない。入ってくる船を見に、栄秋の港には大勢の相国民が集まっている。その目の前で派手にやるのがいい。明日の朝議には造船技術提供に関する両国間の合意が発表される。その前に威国船の信用を失墜させないと意味がないものな。うん、俺だって、そうする」

相国に渡す船だけが沈めば、相国の民は威国船への不信を抱き、さらには威国そのものへの誠意を疑い、威国側は相国側の悪意を疑うことになる。

「……だが、こういう策ほど、目的ややり方にこだわると、かえって手痛い目に遭うんだぜ。こんなふうに待ち伏せされるとかさ」

男が悔しさに歯噛みする。その姿に張折は満足して、捕吏に連れて行くように指示を出した。ここまで来ても、最初の男のように自害を選ばなかった。今の男は見たまま、ただの官吏だ。つまり、金を出して依頼していた側のはずだ。

「黒幕を切り裂くまで、あと一枚ってとこかね」

「……お前が一番悪い顔しているぞ。奴と一緒に牢に入れてやろうか？」

春礼に言われ、張折は両手で頬を押さえた。だが、こみ上げてくるものを抑え込むのは、難しそうだ。

「はは、こりゃ牢に入れてもらったほうがよさそうだ。ニヤケがとまらねぇっての」

そう呟いた張折を、長年の友人がこれまでで一番冷たい目で見ていた。

■　五　■

捕吏に捕えられた菫世《とうせい》は、そのまま栄秋府の牢に入れられた。彼が事件を起こしたのは、栄秋の港であったため、栄秋府の管轄だった。

夜も眠らぬ街と謳われる栄秋だが、清明節前日ということもあり静かだった。地方出身者は先祖の墓参りのために都を離れているし、寒食期に入っているため厨房の火が消えた飲食店も客は少なく、いつものようなにぎわいはない。静けさに沈む栄秋の街のほぼ中央にある栄秋府も、また見た目には静かだった。

「ほら、夕食だ。一人に一つだぞ！」

大きな籠に入れた清明果を配る牢屋番は、ぐったりしていた。本日はなんと全牢埋まった状態だ。それというのも、栄秋に屋敷を構える豪商たちが墓参りで留守にしているところを狙った泥棒騒ぎが連続したとかで、次から次へと捕吏が人を運んでくるからである。

「なんだよ、これ！　甘いの寄越せ！」

「ここは栄秋だ！　これが都の味なんだよ！」

どうも、この時期の栄秋に出稼ぎに来た地方出身者まで居るようだ。

手が足りず、先ほどまで人を牢に入れていた捕吏までが夕食を配っていた。

「そら、あんたも食べな」

最奥に近い牢に入れられている男に清明果を差し出すが、相手はとらない。よくよく見れば、身なりがいい。絹を着て、頭のてっぺんでまとめた髪も麻布で結び留めるではなく、銀の簪を挿している。そう言えば、引継ぎの時に官吏が入っているとかいう話を聞いた気がする。官吏が官服のまま牢に入れられることはない。牢に入れられる時点で、官吏として謹慎扱いとなり、官服の着用を禁じられるため、たいては家から届けさせた私服に着替えることになる。

「お偉い様も夕食は変わらないよ。こいつを食べときな」

牢屋番は改めて夕食を差し出したが、やはり男は受け取らなかった。

「……冗談じゃない。こんなところで出されたものを食えるか」

「食べ慣れぬもので多少腹を壊したところで、死にやしないと思いますがね」

頑な男に、牢屋番は呆れて反論した。

「ふん、ここに居てはどうせ……。とにかく、私は食べないからさっさと行ってくれ」

牢屋番はしかたなく余った一個は自分がもらっておくことにした。

窓のない石壁と硬く太い木の格子で区切られた牢内は、質素な木の机と同じ木で作られた背もたれもない長椅子があるだけだ。卓上に置かれているのは、小さな灯をともした蝋燭とその台だけ。牢屋番が出入り口のほうへ戻っていけば、後には静寂だけがある。

時刻は三更も正刻、まさに日付が変わろうというところ、この時期に多い雨の中を、牢屋に珍しく来客があった。傘を差す従者を一人連れた、恰幅のいい老人だ。

「ご苦労。……明日には国賓が都を離れる。栄秋府にも沿道の警備を出してもらうが、役所の警備が手薄になったりはしないだろうな」

官服を着てはいないが、宮城の役人が警備の確認に来たようだ。

「この時期の留守宅を狙った泥棒ばかりでございます。大人しいものでさ」

牢屋番は問題ないと返すと、老人は従者に目配せした。応じた従者は、大布に包んできた小ぶりの瓶を机の上に置いた。

「こちらを。この時期も職務に励むお前に、褒美である」

濃い灰色の釉薬《ゆうやく》が塗られた陶器瓶に貼られた赤い紙には酒の文字。

「口に合うと良いがな」

そう言われる。従者が促すようにこちらを見るので、牢屋番は仕事中ではあるが、ありがたく一口いただくことにした。酒は強いほうだ。一口飲んで礼を言うくらい、仕事に何の支障もあるまい。そう思って、普段使いの茶器でくいっと一杯飲んだ。だが、礼を言おうと口を開くも言葉にならぬまま、意識が混濁し、本人も気づかぬうちに机へと伏していた。


牢屋番が寝入ったのを確認すると、老人は粗末な椅子を立ち、「尻が痛くなる」と悪態をついた。牢屋番の様子を再度確認した従者が老人に問いかけた。

「旦那様、眠らせるだけでよろしかったので？」

「奥に入っているあいだに誰かが来ないとも限らない。その時、死んでいては騒ぎになるだろうが」

たまたま今夜ここにいただけの牢屋番に対する慈悲などではない。すべては自分の都合だ。

牢屋番のいる通路脇に置かれた机を過ぎると、左右に牢が並ぶ薄暗い場所に入った。夜も遅い時間になっており、牢に入れられてはやることもないのだろう。どの牢の者も身を横たえている。

寝ているならそれでよし。老人は奥を目指した。

「董世、寝ているのか？」

「……こ、これは……」

老人は自分の名を口にしようとする牢内の男を制止する。

「鍵を開ける。府庁舎の裏に轎と荷物を用意した。明け方を待って都を離れよ。この時期は都の出入りも激しい。うまく紛れれば、誰ともわからず街門を出ていける」

老人は小声で言い、従者に牢の鍵を解錠させる。

「お前をこういう形で逃がすことしかできぬ不甲斐なさをどうか許してくれ。ああ、荷物には多くはないが路銀も入れておいた。安心して都を出るといい」

「ああ、尚書……」

役名だけ口にした男に、老人はただうなずいて見せる。

牢を出た男が通路を進もうとする背を見て、口が緩む。今回はうまくいかなかったが、後始末がつけば、また機会は巡ってくる。今の男のような扱いやすい捨て駒は、工部の魯遷しかり、宮城内にまだいくらでもいるのだから。

「いやー、悪い顔って、そういうのを言うんだろ。俺なんてまだまだ精進足りねぇわ」

その声は、すぐ近くの牢から聞こえてきた。

寝ていると思っていた牢内の者が、こちらを見ていた。無精ひげをはやした男は粗末で薄汚れた麻の服を着ていた。ぼさぼさの髪に目元までおおわれているが、ニヤニヤと笑う軽薄な口元が癇に障る。

「旦那様……」

「放っておけ、中からいくら吠えたところで関係ない」

不快感を抑え込み、従者を促して、老人は来た通路を戻ろうとした。だが、今度はすぐ真後ろから声がかかる。

「おいおい、いくら吠えても逃げ場がないのは、そっちだぜ。……ここに来るだろう誰かさんを捕まえるために、みんなで待っていたんだからな」

いつの間にか、先ほどの無精ひげの罪人が背後に立っていた。

「貴様、牢屋の鍵は……」

「へー、まったく気づかれないもんだな。今夜、全部の牢が埋まってんのは、こういう仕掛けがあったからなんだけどな」

見れば、通路の左右から次々と牢の中の者が出てくる。従者も早々に引き離されて、囚人によって床に押さえつけられていた。わらわらと自分を囲む人の群れの中から、涼やかな笑い声が聞こえてきた。

「栄秋府の牢という牢がすべて開け放たれて、囚人が表に出ているなんて、なかなか面白い……いえ、とても怖い光景ですね」

天性の優美さを感じさせるその声を、老人は知っていた。先々帝の末の皇子にして、今では礼部次官にある郭広《かくこう》だった。

「ふふ、こちらは一足先に牢を出ていた脱獄者をお連れしましたよ」

そう言って優雅に笑いながら、すぐ後ろの者に合図する。

場に引きずり出されたのは、さきほど見送ったばかりの董世だった。

「これはいったいどういうことなんですか、于《う》尚書！」

名前を呼ばれた礼部の長・于昌《うしょう》は不快感に目を細めると、伸ばしてきた董世の手を払いのけた。

「なんだ、お前は？　私はお前なぞ知らんぞ。気安く私の名を口にするなど無礼な！」

続く罵り合いを眺めていた郭広が小首を傾げた。

「おやおや。于昌殿は、まだ茶番を続けますか。無駄なことを。……ふむ。どうやら、あなたはまだお気づきにないようだ。無精ひげの罪人姿が、あまりに似合っていらっしゃるからですかね？」

「それはもしかして褒めているつもりじゃねえだろうな……」

郭広に話しかけられた無精ひげの男が、ぼさぼさにしていた髪を手櫛で整える。人を食ったような嫌味でしかないその笑みの持ち主を、于昌はよく知っていた。

「……行部の……張折」

ここにきて于昌は、ようやく自分の置かれた状況を把握した。

■ 六 ■

張折は、取り押さえさせた董世と于昌の従者の両名を、囚人の振りをして隠れていた栄秋府の捕吏にさっさと引き渡した。

于昌本人は、ただただ呆然と自分の部署の次官である郭広を見ていた。行部のような部署横断業務でもないかぎり、お役所仕事は縦割りだ。数年で部署を異動することが規定で決まっているとしても、その間は着任した部署の縦割りの中に収まるのが官吏というものである。張折には、于昌がしようとすることが手に取るようにわかっていた。自分の方が立場は上であることを、下手《したで》に出ながら主張するだろう。

「なぜ、あなたが、そちら側にいる？　これは、あなたにとっても大義のはずだ。呉太皇太后様がご存命だったころのように、蛮族におもねることなく、他国の血筋などに干渉されることのない、真に高大帝国後継者たる郭家の時代を取り戻そうということですぞ！」

元皇族であろうとも、于昌にとって郭広は、自分の部下の一人でしかない。こうして自分の前に立つべきではない人間だという意識が強いのだろう。

張折からすれば、于昌の疑問は、あまりに愚問だった。同じことを郭広も思ったのだろう、鋭く目を細めて上官を見据えている。

「なぜ……と問われるか。于昌殿こそ、お忘れなのではあるまいか。私が郭姓に生まれた者であるということを」

冷たい目をしたまま、郭広の口角が上がる。

「先代の御代……いや、先々代の御代も含め、あの女の存命中を身をもって知っている郭姓の者で、呉太皇太后を恨んでいないものなどいやしない。我が母が受けた屈辱、お前も知っているだろう、于昌？」

郭姓の者が持つ他者を圧倒する特有の風格が、郭広にも備っているようだ。張折は締めつけられるような苦しさを臓腑に感じた。

「知らぬわけがないよな。お前は、あの女のすることに加担していたんだから……」

気づけば、于昌は床に膝をついていた。于昌だけではない。玉座に連なる者の気迫に慣れている張折でさえ、空気の重さを全身で感じていた。

「いまだ、あの女を信奉し、その時代に戻そうなどと妄言を吐くお前のような輩が、私にいったいどんな大義を説くというのだ？」

「わ、私も皇后様も、この国を憂えていたからこそ……」

なおも我が身の清廉さを訴えようと郭広を見上げる于昌の姿は、滑稽ですらある。

「誰がこの国を憂いたと？　自分の欲を満たすためだけに他者を踏みにじっただけではないか。この国にとって、貴様はあの女と同じく害悪だ。さっさと消えてくれ」

優雅さをかなぐり捨てた郭広のまっすぐな憤りに、ついに于昌がうな垂れた。もう上を向いていられないようだ。

さて、この重苦しい空気をどう収めるか。張折が、その答えを出す間もなく、新たな声があがった。

「栄秋府裏の始末が終わったよ。……ああ、こっちも終わったようだね」

叡明だった。もっとも今は白鷺宮として振舞っている。ここへは、皇城司の統括として来ていた。

「董世、君は数日分、命拾いしたようだね。轎を担ぐ者たちが剣を持っていたよ。どうも君を轎に乗せる前に、始末するという話になっていたらしい」

叡明は淡々と董世に告げると、連れていた皇城司から、袋やら何やらを受け取って中身を確認する。

「危なかったね、董世。君は、もっと大きな罪を被ることになっていたようだよ」

子どもに対しておやつをもらえて良かったね、と話し掛けるくらいの軽さで叡明が董世に笑いかける。ただ、その笑みには、たっぷりの皮肉がこめられていた。

「大きな罪……？」

まったく事情の飲みこめない董世を無視して、叡明が袋を逆さにし、二人の前にその中身をまき散らした。すぐには数えるのも厳しい数の銀環が石床に転がる。

「さあ、于昌、これはいったいなんでしょう」

「なんのことだ。に……贋金なんて、私は知らん！」

叡明の問いかけに、于昌が激しく首を振ってわめき散らす。張折は、あやうく笑いだしそうになって、両手で口を押さえた。これに対し、叡明は、むしろつまらなそうな顔をする。

「語るに落ちるって、本当にあるんだね。そう、董世の荷物として一緒に始末される予定だったのは、これらの銀環だ。まあ、この時期は、贋金の処分にもちょうどいいものね。清明節は、墓参りを装って、街門を出て、栄秋近辺の墓場に置いてくるのも難しいことじゃない。墓場の辺りをうろちょろしていても、誰からも咎められることはないからね」

特段楽しくもない種明かしを董世に聞かせてから、叡明は、ばらまいた銀環を拾い上げては袋に戻す。一応、大事な証拠品であることを思い出したのかもしれない。あるいは、董世が話の内容を理解するまでの時間を、銀環拾いで潰しただけかもしれない。

「于昌様……、まさかこれまでの銀環もすべて……」

董世の視線が、袋に戻されていく銀環から于昌へと向けられた。

やっぱり董世は贋金の件を知らなかったか、と張折は自分の予想どおりであることに安堵した。董世をエサに于昌が釣れて良かった。贋金の出所にたどり着けなければ、逃がした魚は大きかったなんて話では済まないことになっていたのだから。

「何を言うか、この私が贋金になどかかわるものか！　だいたい、これらの銀環のどこが贋金だというんだ。環の表面の模様まで、官製の銀環と全く変わらぬではないか」

最後の銀環をつまみ上げた叡明が、それを于昌の目の前に突き付けた。

「……先帝の御代の末期、とある女官吏が造幣に関わる部署に所属していた。そこで、彼女は職人たちから興味深い話を聞いた。納品時間短縮のために、鋳型から外しやすいよう溶ける温度の違う金属の小さな鉤を使っているというものだ。これを使うと、ある程度冷えた時点で鋳型から外し、すぐ次の鋳造に入れる。冷え切っていないから、鉤を外した内部はまだ固まっていない金属ですぐ埋まる。冷え始めていた表面にごく小さい傷が残るが、貨幣一つあたりの金属の配分も重量も変わらないので問題にはならない。作業時間短縮の知恵だと言われた」

叡明の淡々とした口調は、玉座に居た頃の皇帝の姿だった彼を思い出させるものだった。

だが、于昌がそのことに気づく可能性は低そうだ。

なぜなら、于昌の顔には先ほどから恐怖の表情がべったりと張りつき、正常な判断力を維持できているとはとても思えないからだ。

「ここで彼女が不思議に思ったのは、職人たちがそこまで急がなければならないほどに、貨幣の鋳造が行なわれていることだった。先帝末期、すでに和平交渉が進み、戦時と同じ量の貨幣鋳造の必要はなかった。戦争は金がかかる、戦時中は鋳造が間に合わず、銅貨は数が足らずともみなしで百文とする特別な数え方があったほどだ。だが、もうそんな状況は終わっている。なのに、どうして戦時中と変わらない量の貨幣が鋳造されているのだろうか。彼女は、長く官吏をやっていたので、先例に従ってしまう役人体質を理解していた。

だから、鋳造量を減らしても、もう問題がないという提案を所属部署の一番上の者である工部長官に行なった。結果、造幣量の見直しが行なわれた。……その女官吏は、今上帝の御代になり礼部へと異動になった。その後、行部を経て、いまでは玉兎宮で皇后付きの女官をしている」

張折は叡明から語られる蓮珠の過去を聞いて感心した。元部下の部署遍歴について知ってはいたが、改めて聞くと、本当にどこにでも関わっているよな。

「玉兎宮……」

叡明の話で、董世は悟ったようだ。清明節行事から皇后や皇妃を排除するために、玉兎宮の女官を引き入れるように于昌に言われた。そのときに、彼に渡された銀環を女官に渡している。女官の名前は……たしか明鈴《めいりん》といっただろうか。おそらく、そこから事態が露見したのだろう。そうとわかった上で、それでも彼は疑問を口にせずにはいられなかった。

「でも、なぜ、于昌様が贋金になぞ……」

貿易によって国の経済を支えている相国では、贋金は所有しているだけで罪になる。于昌の礼部長官という職は、その危険を冒すほど金に困るような地位ではないからだ。

その董世の疑問にも、叡明がしっかりと応じる。

「役人の記録って本当に大事だよね。先帝末期のとある地方の財務記録を確認したら、戦時中に比べて、ちゃんと中央から回ってくる戦時予算が減っていたんだ。でも、貨幣の鋳造量は変わっていなかった。とある女官吏が気づくまでずっと、発行された貨幣と実際に配られている貨幣に差があったわけだ。これを……懐に入れていた者たちがいた。そういう話だろう、于昌？」

于昌の顔色が青ざめていく。おそらく「懐に入れていた」という言葉に、後ろ暗い心当たりがあるのだろう。

「女官吏の提言を受け入れたのは、当時まだ工部長官になったばかりの葉権《ようけん》だった。彼は下級官吏からのたたき上げで、下の立場の者が言うことにもきっちり耳を傾ける人物だったので、きちんと対処をした。結果、労せずに手に入っていた金が入らなくなったことで、葉権の前任だった于昌はおおいに焦ったわけだ。ここは推測だけど……、この仕組みは、呉太皇太后派の官吏が工部長官を引き継ぐことで、派閥の活動資金を得るためのものだったんじゃないかな？」

どうやら叡明が口にした推測は、図星だったようだ。于昌の額には、暑くもないのに汗が浮かんできていた。この反応に、叡明はさらにたたみ掛ける。

「今上帝になって、呉太皇太后派は少しずつ弱体化している。それでも派閥の影響力を維持するためには活動資金の確保が必須だ。そこで、君たちは贋金という手段に行き着いた。

今の工部長官に不満を持つ元部下から官製銀環の鋳型の設計図を手に入れ、贋の銀環を鋳造する。これを予算として与えられている本物の銀環と入れ替えた。これなら、表向き、部署に与えられた予算はそのまま部署の金庫にある状態で、裏金を確保できるわけだ」

「なぜ、そこまで……」

裏事情の細かいところまで言い当てられ、于昌が恐怖からか目の前の白鷺宮から視線を外す。于昌にしてみれば、白鷺宮はつい先日まで武官だったような、政治の機微などわかるわけがない者だ。だが、于昌にとっては不幸なことに、この白鷺宮は、政治の機微を歴史からも今の朝議からも、いちばん深く、いちばん近くで学んできた人物なのである。

白鷺宮は眼帯をしていないほうの目を笑みに細めた。

「本物と偽物が同じ場所にある時は、だいたい入れ替えを目的としているものだよ」

なんてきわどいことを言うんだろうか。張折は一瞬灰になりかけた。

そんな元家庭教師の気持ちなど知らぬ叡明が、于昌をさらに追いつめる。

「あと、宮城内で回すことにしたのは、外に出せば直ちに両替商で銅貨に替えられてしまい、すぐにバレる可能性があるからでしょう？　大きな金を大きな金のまま部署間でやりとりをする宮城内であれば、バレるまでの時間が稼げる。そして、手元の贋金はほかの部署に回すことで自分たちの部署には再び本物の銀環が溜まっていくという仕組みだ」

まあまあ、よくできている。この仕組みに気づいたときに張折も思った。だが、先帝の時代ならばさておき、今上の御代の政治体制で常時運用するには、この仕組みは危険性の高いものだった。皇帝と宰相は、とにかく政治改革に力を注いでいて、旧勢力には常に厳しい目を向けている。

「この方法の弱点は、部署の金庫に贋金を所有している瞬間があることだ。時期悪く監査が入れば、贋金の所有についての罪に問われてしまう。だから、君たちは、さっさとかつて使っていた仕組みを復活させたかった。そのための、工部長官排除計画だったわけだ。成功すれば、助力で長官に据えてやった者に、かつてのやり方を引き継ぐ予定だったのかな。あと、行部を巻き込んだのは、今後の金策を潰される可能性が高いから排除しておきたかった、というところなんだろうけど……そこが間違いの始まりだったね」

今の工部長官を呉太皇太后派に引き入れることは、昔から官吏の地位を独占してきた派閥で権力を独占し、呉太皇太后時代に戻すという派閥の趣旨的に無理だ。

むしろ、葉権のような人物は呉太皇太后時代に辛酸を舐めてきた側だろうから、本人だって于昌たちの言いなりになる気はないはずだ。

そういう思い通りにならない相手ならば、退かしてしまえというのが、きっとこの派閥の基本方針なのだろう。工部長官しかり行部しかり、だ。

そう考えると、于昌たちにとっては、皇后も葉権と同じように思い通りにならない相手だったということなのだろうか。

「ひとつ聞いておきたいことがある。……皇后は、どうして邪魔だった？」

張折が問うと、先ほどまで郭広の気迫に押されて下を向いていた于昌の顔が上がる。

「何度も言っている。皇后という貴い地位に、相国以外の血を持つ者を据えるなど……」

張折は、最後まで言わせずに言葉をかぶせた。

「ちげぇだろ。そういう後付けの理由はいらねぇよ。てめえの手元に金さえ巡ってきていた先帝時代には、目をつぶっていられたような話だろ。そんなもんは、ただの言い訳だ。抱え込んだ不満をぶつけるために捻り出したまがい物の正統性だ。俺が聞きたいのは、その手前だよ」

張折の右足が、于昌の頬すれすれを通り、彼の背後の牢の鉄格子を揺らす。

「あ……あの皇后では、あの方のようにはならないから」

蹴られた鉄格子よりも、于昌の声はよほど震えていた。

呉太皇太后のように、というのは、腐敗した官吏連中ばかり甘やかす皇后ということだろうか。そうはならない皇后と言われて、なぜか、本来の皇后である冬来ではなく、元部下の顔のほうが浮かんだ。

「呉太皇太后のように、か。まあ、どうやってもならないだろうね。今回なんて、上衣と御車と二回も仕掛けて、どちらも礼部に泣きつくことなく、太常寺さえも介さずに乗り切られたものね」

どうやら、叡明も同じ人物のほうを思い浮かべているようだ。冬来であっても、于昌の思うとおりになどならないのはわかっているのだが、蓮珠のほうが、より呉太皇太后にはならないだろうな、と思わせる何かがある気がする。

「そうなると、皇后の悪評を流すよりないだろうな。実体ある皇后を迎えての最初の一年、皇后が皇后の予算を使うことに周囲が慣れるその前に、今の皇后に対する不満をまとめなければならなかったわけだから。金が回ってこないのは、あの皇后のせいだって印象づけて廃后に追い込むために、色々頑張って宮城内の意見を制御しようとしたわけだ」

張折は鉄格子に置いたままだった足を引っ込めた。官服と違って、庶民の服は動きやすいため、つい足が出てしまった。だが、拷問や自白の強要は、相国では一応禁じられている行為だ。あくまで、一応だが。

「でも、頑張ったわりに結果が伴わなかったのは、残念だったね、于昌。ただ、さ、君たちを護っていたものは、とうの昔に消え失せたんだ。まだそれらがあるつもりで好き勝手すれば、こうなることは必定だよね？」

それはもう、白鷺宮のものではない冷笑。だが、なにも知らない于昌は、目の前の白鷺宮に、朝議の玉座に仰ぎ見た主上を重ねることなく、歯の根の合わない状態で、まだ抗おうとしていた。

「わ……わたしを……殺せば……」

無駄なことだ。この白鷺宮は無駄を嫌う。于昌の言葉を片手で制した。

「いいよ。だいたい言いそうなことは予想がついているから。どうせ『派閥の上の者に言われたとおりにやっただけで、それが誰か知りたければ……』とか、そんなところでしょう？　呉太皇太后派の残りが于昌だけだとは、こちらも思っていない。でも、君は指示された内容も、それがどんな結果につながるのかもわかっていてやったんだろう？　それで許されるなんて、あるわけないじゃないか」

交渉の相手が悪い。頭の良すぎる男に、命乞いなんて半端な覚悟の交渉は無意味だ。命を捨てる覚悟の交渉でなければ、一笑に付されて終わるだけである。

とはいえ、張折にしても于昌との交渉に乗るつもりはない。視線がこちらを向く前に、とりあえず牽制をしておく。

「まあ、裏で糸を引いている誰かがいたとしても、傀儡《かいらい》を消せば、とりあえず表の動きはなくなるんでね。……それに実のところ、どうせ于昌殿は、呉太皇太后派の全容なんて知らないんだろ？　これだけ徹底的に黒幕を決め込んでいる者が、手繰られるような糸をぶら下げておくなんてありえないだろう。あんたとは……そうだな、銀環の件で少しだけ聞いておくことはあるが、あとは、特に話すこともない。時間稼ぎの罪の告白なんていうのも不要ってことで、終わりにしましょうや」

于昌の処分に関して、特に異議は出なかった。董世に贋金の罪を丸ごとかぶせようとしていたのだから、于昌の手元の銀環は、董世と一緒に墓場行きの予定だったあれですべてのはずだ。

さすがに、この期に及んでまで手元に銀環を残しておくような愚かなことはしないだろう。ならば、問題は鋳型のほうだ。ほとぼり冷めたら引き継いだ誰かが次を作るなんてことがあってはたまらない。張折としては確実に回収しておきたかった。だから、その話さえできればいい。

この場で自分が言いたいことはすべて言ったと、張折は郭広と叡明に頷いて見せる。それを確認して、郭広が于昌に告げた。

「結論から言うと、ひとつに官位は剥奪。ふたつに財産は没収。最後に断頭台へ上がっていただくということになるね。……人は死ぬと等しく西王母の元へ行くそうだから、あちらでも貴様が敬愛するという呉太皇太后に仕えるといい」

穏便な言葉で冷徹な判断を下す。これは政の中枢にある者に共通する資質だと、張折は思う。郭広もまた、本人が言っていたように、郭姓に生まれた者だということだ。

「郭広殿……」

いまや、礼部の長官と次官は立場が逆転していた。背筋を伸ばしてその場に立っているのは郭広であり、絶望にその名を呟き、首を垂れたのは于昌のほうなのだから。

二人の姿を横目に確認してから、白鷺宮が命令を出す。

「……皇城司、于昌の処刑は明日の清明節儀礼と国賓の送り出しが終わり次第になる。それを街中に知らしめろ。この男には断頭台での処罰が相当だ、毒を盛る必要はない。それを、どこかで聞き耳立てているだろう者たちにも教えてやれ」

すべての闇が晴れたわけではない。それでも一区切りついたと言えるだろう。張折は、傍らの友人に微笑んだ。

「春礼、これでようやく兄貴の墓参りに行けるな」

「……ああ。とびきりいい酒を持って行くとしよう」

一仕事終えたのだから、どんな酒でもうまく感じそうだ。張折は笑みを深くした。

■　七　■

いよいよ迎えた清明節当日の朝議、夜中の大捕り物に参加したせいか、張折はいつも以上に眠かった。鋳型回収の件や元々栄秋府の牢に入っていた囚人を戻すための諸手続きの関係で、ろくに寝ていないままでこの場に立っている。

玉座に座る人物は、予定通りに威国から造船技術提供を受けることになった旨を朝議で正式に知らしめた。

「蒼太子との話し合いで合意に達し、威国との間に造船技術提供の契約を締結するに至った。これにより、我が国はより大量の物資を、より遠くへ運ぶことができるようになる。そのことは、栄秋の民ばかりでなく地方の民にとっても恩恵があるものと信じている」

叡明に白鷺宮らしさが備わってきたように、翔央もまた見た目だけでなく、考え方や発言の内容に天子の器を感じさせるようになってきた。

「このあとの清明節の儀礼と国賓出立に出席する者は、余とともに朝堂を出よう。そのほかの者は、残り少ないが清明節の休暇を楽しんでくれ」

主上の言葉を受けて、郭広が通路側に出る。朝堂に集う官吏の一部がざわついた。主上に従い、清明節の儀礼と国賓出立に立ち会うのは礼部長官の役割である。だが、その礼部長官である于昌《うしょう》の姿は朝堂になく、郭広が付き従うことを主上も受け入れている。

また、すでに于昌の処遇を知っている者もそれなりにいた。彼らは、朝堂でも先頭列のほうに多い。派閥の長にあたる者たちの無言に、朝堂のざわめきはすぐに沈黙に変わる。

朝堂の静寂を確認して、主上の傍らにいた丞相が銅鑼を鳴らすように合図をした。

主上からも丞相からも説明はない。だが、銅鑼の音に従って官吏たちが一様に跪礼すれば、それは官吏たちの側もこの状況を受け入れたということになる。先々帝時代からその地位を必死に保ってきた老官吏が、朝議の場から消えたものとされるのは、ほんの一瞬のことだった。

張折もまた通訳として国賓出立を見送るために栄秋港に随行する。叡明に蟠桃公主、蓮珠までもいる場で、どのあたりに通訳として需要があるのか、張折としてははなはだ疑問なのだが、国同士の対話の場には自分のような人間がいなければならないようだ。それは言語の問題というより、外交の現場においては政策対応の判断を瞬時に行なわなくてはならない事態が生じてしまいやすいものだからだ。

「あとは、お見送りだけなんだがなぁ……」

「なんだ、まだなにか気になることがあるのか？」

護衛として随行するため朝堂前に待機していた春礼にちょっとした呟きを聞かれた。

「そりゃ、それなりに気になるだろう。造船技術提供の話はうまくまとまったが、できるなら、万事丸く収まってほしいってもんだろ。これでまたしばらくは蟠桃公主も相に帰ってくることはないだろうから、さ」

御陵参りで何かがあったらしい、あの微妙な姉弟の距離感を思い浮かべて、しみじみと口にしたのだが、友人の反応は芳しくなかった。

「過保護なことだ。あの方が成人してどれほどになるか。もう子どもではないんだぞ」

ため息交じりに言う春礼に、張折は頬を引きつらせる。

「お前が言うか？　冬来殿が白鷺宮の護衛に異動になったからって、禁軍の将軍職を辞して、主上の側仕えになるとか言い出したのを、本人含め多方面から止められたんだってな。一番弟子の技量を信じてやったらどうなんだ？」

昨夜の牢屋では春礼の部下にも囚人に扮してもらったので、朝議前に朝堂警備をしている彼らに声を掛けたら、何度駆り出されても文句はないのでどうにかしてくださいと、春礼の説得を頼まれたのだ。このところ、本当に忙しすぎて、友人の近況まで把握してなかっただけに、驚くと同時に呆れた。

「姉弟の話は家庭の事情というやつだ、口出し不要だろう。お前はあの方の親か親戚のおじさんか？」

「うっせーな。張家は数代前に皇太后出したんだ、正真正銘親戚のおっさんだっての！　そっちこそ、主上本人も後任の護衛は不要だって言ってるんだろうが！　知ってるか？

過干渉親父は、ガキから一番嫌われるんだぞ」

　こうなると互いに引けないのが、この歳になっても続く友人関係の難しさだ。

「どっちも面倒です。聞いているほうが恥ずかしくなるので、黙ってもらえますかね」

　おっさん二人の睨み合いに割って入ったのは、李洸だった。目が据わっている。これは、これ以上続けると兄貴の墓参りに行けない量の仕事が降ってくる予感がする。張折は、友人の袖を引き、目で『逆らうべからず』の戦法を伝える。ありがたくも、数多の戦場を共に駆け抜けてきた友人にはすぐに伝わった。

　あとは、厄介ごとに対する変わらぬ吸引力を誇る元部下が、よくわからんうちにあの姉弟の問題に巻き込まれて、解決せざるを得なくなることを期待するとしよう。

　張折は、目の前の丞相に頭を下げつつ、元部下にも先に心の中で深く頭を下げておいた。

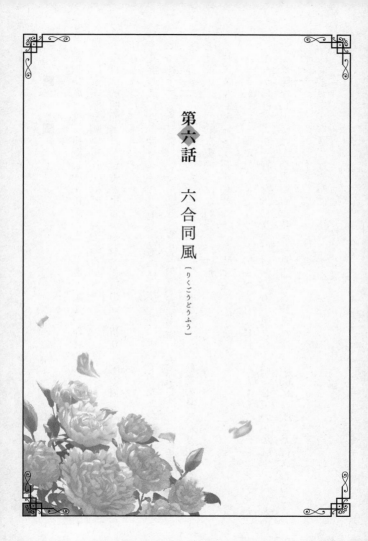

第六話

六合同風
（りくごうどうふう）

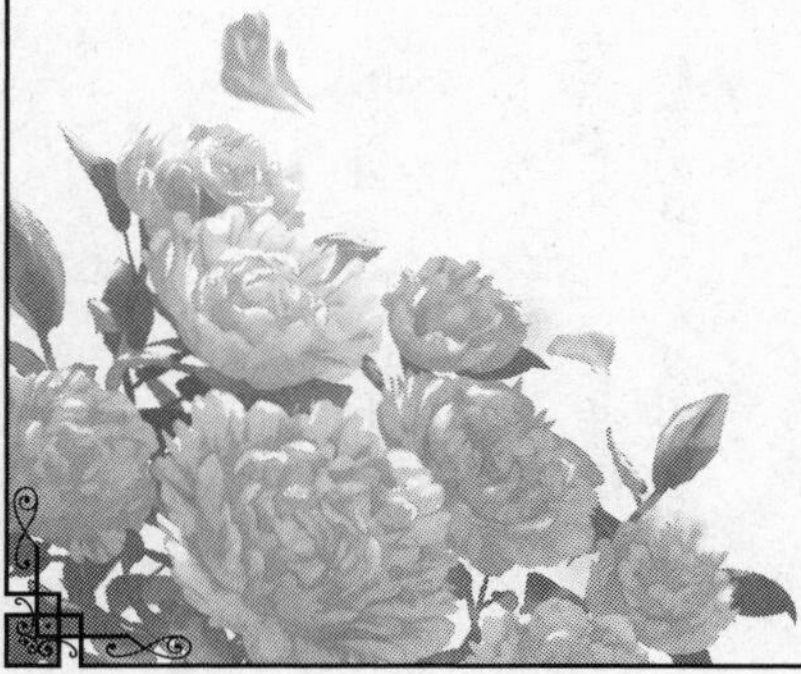

■一■

相国皇城には、祖廟と西王母廟の二つの廟がある。年中の節目には、皇帝皇后がそろって、国家安寧を願い祈りを捧げる場である。

今日は清明節当日。皇帝と皇后がそろって、祖廟で祈り、国の祖である西王母の廟でも祈りを捧げた。

礼部の儀礼進行役の『一拝天地（天地に拝礼す）』に続いて、翔央が『二拝高堂（父母に拝礼す）』を口にしたときは驚きもしたが、『夫婦対拝（夫婦で互いに拝礼す）』に至って、蓮珠の覚悟も決まった。西王母の前に、夫婦を誓った。最初の身代わりで中断した時とは違い、表面的な契約ではない誓いだった。

「お前の人生をもらうぞ。本当にいいんだな？」

そう言われて、蓮珠は「もとより、この命はあなたに拾われたものですから」と答えた。

これからは、より一層、身代わりの皇后として、慎ましく過ごしていかねば……などと言う殊勝な心掛けは、祭祀用の衣装から常服に着替えた次の瞬間には吹き飛ばされることとなった。

「約束どおり、本屋に行くわよ」

街歩きの用意万全の蒼妃が、護衛に冬来一人を伴って、玉兎宮の院子（中庭）で待ち構えていた。

本来の約束では、御陵参りから帰ったら本屋に行く予定だったが、強行日程で御陵から帰京した昨日は、さすがの蒼妃も半日以上ぐったりとしていて、街に出ることができなかった。夜も眠らぬ栄秋の街ではあるが、日が落ちた後も店を開けている本屋はない。ならばせめて、不夜城栄秋の夜を堪能しようと思ったそうなのだが、昨夜は栄秋府付近で色々とあったために、夜に街歩きの護衛を手配できなかったうえに、清明節に重なる寒食期であったため、火を入れた料理を出せないことから、酒楼も閉めている店が多かったので、夜の栄秋を楽しむ企画は断念したのだという。

「ふん、うまい酒は次回の楽しみにとっておくだけのことよ。それより、いいわね、二人とも。今日は、気合入れて本を仕入れるわよ！」

すでに気合十分の蒼妃の声が、玉兎宮の院子にこだまする。

しかし、『仕入れ』って、蒼妃は、元都の宮城内で本屋でも営んでいるのだろうか。

■　二　■

宮城の東に、栄秋最大の本屋街がある。相国で出版された本はもちろん、華国から入ってきた本も置かれている。さらには華国を経由して、直接国交のない東方大国淩で出された本も手に入る。大陸三大国の本が集まるということは、大陸中の本が手に入るというのとほぼ同義だ。そのため、本を求めて訪れる人々で、この辺りは常にごった返している。

「く〜！　なんでここにもないのよ、『傾城花《けいじょうか》』の新刊！　次の店行くわよ、次の店！」

「蒼妃様、ここですでに三軒目です。これ以上は出立のお時間に影響が出ます！」

蒼妃と皇后の女官である陶蓮珠が、とある店の前で本を抱えたまま言い合いになっていた。なお、二人が抱えているのは、今いる店での購入分だけで、前の二軒の本屋で購入した本は、言い合う二人を見守る冬来が全部持っている。

「諦めきれない！　だって、これだけの娯楽小説がそろうのなんて栄秋ぐらいじゃない。次にいつ相に来られるかわからないし、もっと買っておきたい！」

娯楽小説は華国を発祥とする大衆向けの書籍だったが、今では相国でもかなりの数の本が刊行されている。相国のある大陸西部は高大帝国時代の昔から製紙業が盛んで、用途に応じた紙を生産しており、本に適した紙も比較的安価で世に出回っている。これに銅版印刷の発明と普及が加わり、相国において本は敷居の低い娯楽品となった。そのため、この国では皇帝から商家の使用人の子どもまで、読みたければ誰でも本を読むことができる。

これには、女性であっても科挙を受けて官吏になれる国であることも大きく影響している。たしかに女性は長く官吏として働いたり出世したりすること自体は難しいが、官吏を出した家には、税制上の優遇をはじめとする様々な特権が与えられる。だからこそ、経済的に余裕のある家なら、将来を見越して子の性別を問わず字の読み書きを幼い頃から教えている。また、栄秋に限らず商売人の多い国なので、仕事上の必要性から、店主の子から彼らに仕える使用人の子まで、字の読み書きが必須となっているのだ。

こうした理由から、この大陸の大小さまざまな国の中でも、相国は男女を問わない識字率の高さを特徴としてもっている。

つまり、なにが言いたいかというと、みんなが本を読めるので、華国で人気の本が入ったとなれば、読書家たちが我先にと買い求め、どこの本屋に行っても売り切れている……なんてことは、よくあるのだ。

蓮珠も蒼妃の気持ちは痛いほどわかる。愛読している作品の最新刊が出ているのに、なぜか自分の手には入らない。それがどれだけ辛く、また、なにがなんでも手に入れたい思いに駆られるものかということを。

しかし、蒼妃は国賓である。帰らねばならぬ身で、その帰りの船が栄秋の港を出る時間も、その際に行なわれる送り出しの式典の開始と終わり時間も、すべて決まっているのだ。元官吏として、目の前の国賓が公的式典に遅れることだけは、回避せねばならない。

「それでも、どうかお諦めください！」

睨み合う両者が抱える本の山に、突如ずしっと重みが加わった。体勢を崩して前のめりになったところで、今度は一気に全部の本が手から消える。

「お二人とも、そろそろ茶館に行かないと、ゆっくりお茶を楽しむ時間がなくなってしまいますよ。買い物は切り上げて移動しましょうか。こちら、支払いしてきますね」

にこやかに告げたのは、冬来だった。

「……うわぁ、さすが『比類なき強者』だわ。勝てないなぁ」

蒼妃が倒れそうになった蓮珠を支え、そう呟いた。

「それは、威国での冬来殿の二つ名かなにかですか？」

「そうなんだけど、相国語に変換しているから、少し意味がズレている気もする。威国語の直訳だと『白き狼』なの。蒼太子がそれを『とても強いってことですよ』って言ってたんだけど……あなたなら、どう訳す？」

これは難しい問題だ。狼は威国では黒部族の聖獣だと聞いたことがある。一方で、白は冬来の母妃の出身部族の部族色のはずだ。母妃は二人目も公主だったことに絶望して、冬来に『不要なもの』を意味する名をつけた上で、育てることを放棄した。その彼女を引き取って育てたのが黒部族出身の妃だったという話を聞いたことがある。

　だから、『白き狼』は、白部族の出でありながら狼を聖獣とする黒部族で育てられた者だという無礼な二つ名とも言える。

　だが、蒼太子が『とても強いってことですよ』と蒼妃に言ったということは、当初意図されていた皮肉を覆し、白部族の出でありながら黒部族の聖獣である狼に愛された者という意味で使われるようになったのかもしれない。威国で聖獣に愛された者とは、その加護を受けているとしか思えないほど強い戦士のことだ。威国十八部族の頂点にある黒部族。その聖獣に愛された者が、十八部族でも最下位にある白部族の血を受けた公主だとは……。十八部族全体の序列に関わる話になる。威国内には、そんな彼女の存在を脅威に思う者が少なからずいたのだろう。だからこその、その二つ名と考えれば、冬来を威国内の部族の妃とせず、相国に嫁がせた理由も、そのあたりの国内事情にあったのかもしれない。

「ここは、娯楽小説風に『最強かっこいい人』としましょうか」

　蓮珠が言うと、蒼妃が『う〜ん、噂違わぬ手強さ』と呟いた。

「なんですか、その噂って？」

「ああ、そう言えば、あなたも元都の宮城では二つ名で呼ばれているよ！」

　冬来の件を誤魔化されたとわかっていても、それは非常に気になる話だった。

「なぜ、わたしに？」

「黒公主がなにかにつけて『とーれんが、とーれんが』って、あなたの話をするから」

あの人、威国の宮城でなんの話をしているんだろうか。蓮珠は頭が痛くなってきた。

「すごいよ。人呼んで『本の鬼』だからね」

「ちょ、そこは普通に『本の虫』とかですまないんですか？」

蓮珠の眉間に刻まれた皺を、蒼妃が楽しそうに指先で突く。

「え〜、強そうな二つ名は、威国的ほめ言葉だよ。黒公主が元都に送ってくる本を選んでいるのがあなただってこと、みんなが知っているの。だから、『本の買い付けに鬼の選択眼を持つ者』という意味だよ」

蓮珠は、かつての副官にも「鬼神の如き……」などと言われたことがあった。なにか鬼の加護を受けるようなことをしただろうか。

「お待たせいたしました。さあ、行きましょう」

支払いを済ませて戻ってきた冬来の晴れやかな声で思考が中断する。

「申し訳ございません、冬来ど……」

謝罪しようとした相手の顔は、積み上がった書籍で全く見えなくなっていた。

■　三　■

宮城の東門で杏花殿へ本を運び込んでもらえるようにお願いする。迎賓館である杏花殿は、皇城の東端にあるため、東門からはそう遠くない。だが、量が量だけに門番は呆然とした後に、荷車の手配を叫んでいた。

「あの量の本では、船が沈みかねませんね」

「ふふ、万全よ。そのために二隻で帰る手配にしたのだもの。一隻は丸ごと本の運搬用に確保してあるわ！」

その帰路の二隻のうち一隻は、雲鶴宮の明賢により昨日お買い上げされているのだが。

「蒼妃様は、昨日の件がお耳に入っていないようで」

冬来の耳打ちに、蓮珠は首を振った。

「無理です。とてもじゃないですが、わたしからは言えません。蒼太子からお話しいただけるよう願います」

手に入れた本をすぐ読めないなんて、それこそ鬼が出てくるような話だ。

「そうですね。蒼妃様が蒼太子と話し合う時間が確保できるように、予定より少し早く皇城に戻るようにいたしましょう」

「冬来殿は、並みの礼部官吏より国賓のお世話に慣れていませんか？」

「そうかもしれませんね。まだ威に居りましたころのことですが、相国よりいらした国賓の護衛を担当したことがございます。遺跡にしがみついて動こうとしない方でした。日々放っておくといつまでも遺跡から離れないその方を、元都の宮城に連れ帰ることがわたくしの仕事でした。慣れているように思われるのは、その方のおかげかもしれませんね」

誰と言われなくても、すぐわかる。遺跡にしがみつくなんて、そんなことをする相国からの国賓は、歴史学者の肩書を持つ、我が国の皇帝陛下ぐらいだろう。

「あー、そっちのほうが大変そうですね。まず口じゃ勝てないから」

「そうですね。あの方の理屈は常に正しいですから。ただ、そのことと『理屈のほうが正しい』かは、別の問題なのですけど、ね」

蓮珠からすると、冬来はかなりの叡明信奉者だと思うのだが、彼の良くないと思う特質については鋭く把握していて、しかも隠さない。

「まあ、国賓接待以前に、私が蒼妃様の扱いに慣れているんです。あの方が威国に来てから、わたくしが威国を去るまでの間、元都の宮城内では、わたくしがあの方の護衛を務めておりました」

どうりで。蒼妃の冬来に対する信頼の厚さは、そこに理由があるようだ。

「そのおかげもありまして、相国語にも不自由しない身となりましてから、相国に来ることができました。ありがたいことです」

蒼妃も冬来といることによって、威国語を磨いたのかもしれない。それにしても、蒼妃の宮城内での護衛が、最強の二つ名を持つ冬来だったとは。

「それは……威国内で蒼妃様が危険に晒されていたということでしょうか？」

「初期はそうですね。……特に嫁がれたのが蒼部族であったことが周囲の方々の警戒心を煽りました。あの部族は威国内では唯一『戦わなくても価値がある部族』ですから」

冬来は当時の状況を隠さずに語る。蒼部族が『戦わなくても価値がある部族』であることは、張婉儀の歴史講義で聞いたことがある。蒼部族は、東方大国凌との交易を背景に、十八部族で唯一、経済力で威国の戦いに貢献する部族だという。戦争というものは、とにかくお金がかかる。相国の場合、栄秋の商人とのつながりが、国の戦費を支えていた。威国ではそれを蒼部族が担っているらしい。

「もっとも、一年半ほどで蒼妃様が持ち込まれた小説が女性陣に流行りまして、蒼妃様はどんどん宮城内の女性たちの心を掴んでいきました。そのおかげで、わたくしが護衛でなくとも問題のない状態まで落ち着いたのです。今では、黒公主が宮城内での後ろ盾になっていますから、蒼妃様に手を出そうなんて愚か者はおりませんので、ご安心ください」

そう言われても、これまでの経験上、威国の方々の安心の基準は、ちっとも安心できないのだが……。そう思い、少し前を歩いている蒼妃の背を見つめていると、蒼妃が急に蓮珠たちを振り返った。

「妹たち、ここが私の行きつけの茶館よ！」

冬来とまとめて『妹』の扱いを受けたことに驚いた蓮珠に、冬来が耳打ちする。

「街歩きに蓮珠殿をお連れしたいと申し出た蒼妃様に、翔央様が『どの名を名乗っているときも、自分の妃であることは変わらないので、くれぐれもそれにふさわしい扱いをしてくれ』とおっしゃいまして」

今日の儀礼でのことだったのだ、わずか一刻ばかり前のことなんて心の準備がまったくできていない。だが、蓮珠が『そういうことでは』とか『恐れ多い』と反論する間もなく、蓮珠は冬来に背を押されてその茶館に足を踏み入れた。

三階まで吹き抜けの造りになっているその茶館の、円を描くように上がる階段で二階席に案内される。

「透かし彫りの窓から光が差し込む感じがいいでしょ？　私は、最上階よりこの真ん中の階がお気に入りなの」

一階のように店前の通りの喧騒からは遠く、光が降り注ぐこの店の造りは堪能できる。いい席だ。できれば、翔央とお茶を飲みに来てみたい。そう思う蓮珠の心中を察してか、対面に座る蒼妃がにっこりと笑う。

「ぜひ、ごひいきにしてあげて」

蒼妃はそうとうごひいきにしていたようだ。特に注文をしなくても、店主が茶を運んできた。ふわりと漂う新茶のいい香りの効果もあるのだろうが、丁寧に湯を注ぎ、葉を蒸らす、その動作を眺めているだけで心が落ち着く。

「ごゆっくり」

三人分の茶器を配してから、店主が離れていく。それを横目に見送っていた蒼妃が、急に頭を下げた。

「巻き込んでごめんね」

出立直前での買い物の話かと思えば、もっと重い話だった。

「あのバカ弟たちが、だいぶ迷惑かけたよね……」

ため息交じりに言われて、どう答えればいいか蓮珠は迷った。

一介の下級官吏でしかなかった蓮珠が、この約一年で体験したあれやこれやは、どう取り繕ったところで、双子に巻き込まれた故のものであるのは間違いない。

「特に叡明は、頭はいいんだけど、時たま周りが、自分ほど頭が回るわけではないのを忘れる……というか、無視してことを進めていくところがあるから」

さきほど冬来が言っていた叡明の『理屈のほうが正しいかは、別のこと』に似た話だ。

思えば、最初の身代わりの時に、双子の乳母だった桂花《けいか》も、叡明は頭が良すぎて、周囲の者には彼の考えの先にあるものを理解できないというようなことを言っていた。

「だから、どうしても思っちゃうのよね。死んでしまった鶯《うぐいす》に対してだって、もっと別の方法があったんじゃないかって」

鶯とは元鶯鳴宮であった英芳のことだ。英芳の死がいかなるものであったのかは公表されていない。大逆と処分があった。その話題ばかりは、宮の名そのものさえも出すことはできない。

「鵲《かささぎ》の頭でも、あれが最善手だったなんてなぁ」

鵲は帝位に就く前の叡明が賜っていた喜鵲宮を指す。蒼妃の考えは、どうしてもそこに行き着いてしまうのだろう。弟を亡くした悲しみに加えて、それだけ叡明の頭の良さを信頼しているともいえる。

蒼妃の嘆きに、冬来が静かな声で応じた。

「あの方でも、計算を違えることはあります。特にこの一年はたたみ掛けるように物事が動いて、さすがのあの方も事前に策を巡らせておく余裕もなく、常にぎりぎりの判断を強いられている状態でした。結果に対して言い訳をされるような方ではないので、あの事故に関して、これまでもこれからも何もおっしゃらないでしょうが……」

「事故……？」

蒼妃の声は、蓮珠の心の声でもあった。二人分の驚愕の視線を受けても、冬来は落ち着いた声音のまま話を続ける。

「ええ。白鷺《しらさぎ》を演じるには、あのときの鵲では、少々剣の技量が足りませんでしたね。わたくしであれば、剣の軌道を見切って、受け止められたでしょう。ですが、鷲の剣の重さを受けるには、鍛えていない鵲の剣は軽く、横にズレて思わぬ結果になってしまった……というわけです」

お互いに剣を受け止めきれなかったために、英芳の剣は叡明の右目に、叡明の剣は英芳の身体に達してしまった、というのが冬来の語るあの場の出来事のようだ。

「そうだったんだ。……私はその場を実際に見ていた人間からじゃなくて、結果だけを人づてに聞いたから。その……鷲が大逆を犯して、白鷺がその場で処断したって。でも、それもそうだよね。その時の白鷺は、引きこもりの鵲だったわけでしょう？　それじゃあ、事故も起こるわ。あの鵲がまともに何かを狙って斬るとか、とうてい無理だもの。なるほどなぁ、頭で計算したことに身体が追いつかなかったわけか」

蒼妃はしばらく黙った。心の中で、今聞いた話を整理しているようでもあった。

「本当に……バカで可哀想な鷲……。それに鵲も……」

蒼妃の声がやわらかく滲《にじ》む。それは、おそらく英芳の死の報せを受けてから、彼女の中で根雪のようにわだかまっていただろう消しようのない哀惜が、冬来の言葉によって溶けていくようでもあった。

しかし蓮珠の胸中は複雑だった。実際には、瞬間と瞬間のつなぎ合わせのようなあの状況に、英芳の命を救えるような他の選択肢なんてものは欠片もなかった。

「仕方ありませんよ、蒼妃様。頭で考えたことのすべてが、正しく実行できるとはかぎらないのです。それが、あの方ほどの頭の良さをお持ちであろうとも、です」

冬来はあえて偽りを口にしている。叡明は、あの時の出来事で事故だと言えるのは、おそらく叡明が片目を失ったことだけだ。叡明は、あの場で英芳に処分を下すと決めていた。だから、白鷺宮を演じているにもかかわらず棍杖でなく剣を手にしていたではないか。

蓮珠の視線に、冬来は反応を見せない。ずらした茶器の蓋の間から立ち昇る湯気が放つ新茶の香りを十分に楽しんでから、ようやくゆっくりと蓮珠のほうを見た。

「実際の白鷺ほど強くなる必要はありませんが、今後のことを考えると、あの方にも元武官を自称できる程度には最低限鍛えていただかないといけませんよね。双子であろうとも、他者の人生を歩むことには変わりません。自分ではない誰かであるためには、相応の努力が必要です。……貴女も、そう思うでしょう?」

言葉に含まれる機微が、蓮珠の中の仮説を抑え込む。黙るよりない蓮珠に代わって、蒼妃が先ほどまでの空気を切り替えるように楽しそうに言う。

「白公主の指南を受けられるなんて、黒公主がうらやましがるね。あ～、ほっぺ膨らませる黒公主、想像するだけで可愛さに癒されるわぁ」

蒼妃の顔には、安堵があった。帰国してからずっとどこか苦しそうにしていた彼女は、ようやくまともに呼吸ができたみたいに、大きく長い息を吐き出す。

「……比べて、うちの弟の可愛げのなさときたら、言い訳のひとつぐらいすればいいのに、まったくバカ弟なんだから！　御陵参りのときだって、自分には拝礼する資格がないとか言って、香炉の前にも立たないで……」

御陵参りの皇家霊廟の中で、叡明は手にした線香を、英芳の香炉にだけ捧げなかった。自分にはその資格がないと言って。そのことで、蒼妃と叡明は霊廟内で少し口論になったのだ。翔央が二人の間に入って双方を宥めて、その場をなんとか収めた。その後も、蒼妃は叡明を睨みながら涙ぐんでいた。蓮珠はどう声を掛ければいいのかわからず、戸惑っていたのだが、歴代皇妃・宮妃の霊廟へ向かう頃には、蒼妃も落ち着いているように見えた。気持ちの切り替えが早い方なのかと思っていたが、あの時のことが、こんな風に彼女の中に引っかかっているとは思っていなかった。

大逆を犯して死んでしまった弟と、大逆を止めて生き残った弟、そのどちらを責めて、どちらを許せばいいのか。だが、死んだ人間と生きている人間を比べれば、責めることができるのは、どうしたって今目の前にいる生きているほうだけだ。そんななかで蒼妃は、ずっと息を詰まらせていたのかもしれない。

肩の力が抜けたのか、窓の外に視線を向けた蒼妃が威国語で呟いた。

『あー、なんだか元都に帰りたくなっちゃった。生まれ育った街にいるのになぁ。もう、あっちが私の帰る場所なのか。私、元都に戻ったら、やっぱり奏楽を勉強しなおしてみるわ。鶯が子どものころに聞かせてくれた曲を、今度は私が鶯のために弾いてあげるの！』

そう言うと蒼妃は、目線はそのままながら吹っ切れたような笑みを浮かべていた。その笑顔につられて窓の外を見た蓮珠は、中天する太陽を見て、慌てた。

「いや、そうです、今日帰るんですよ。港に向けて出発するまで半刻もないです。しみじみ言ってないでお茶を身体に注ぎ込んでください！」

「おー、黒公主の言うとおりになった。威国語で愚痴ると、もれなくとーれんのツッコミが入るって、本当だったんだ」

「あの方は、いったい元都で相国のなにを報告しているんですか！」

これに笑いながら席を立った蒼妃が、土産の茶を頼みに階下へと向かう。

残された蓮珠は、隣に座る冬来の袖の端をつまんだ。

「あの……理屈が正しいわけじゃない、ですよね？」

あの時、朝堂でどんなやりとりがあって、英芳が叡明の刃に倒れたのか。蒼妃には、知る権利がある。官吏気質の蓮珠の胸のうちには、『正しい記録』を伝えるべきではないかという理屈がくすぶっている。

でも、本当にあったことを知ることで、蒼妃はまたうまく呼吸ができなくなるかもしれない。それは果たして、「正しいこと」だろうか。迷いを胸に、蓮珠は冬来に問う。

「わたしは、皇后様の身代わりです。皇后様と同じ思考、同じ選択ができるように努力します」

「それが貴女に自身を殺させることにならないのであれば、わたくしは貴女の努力を心から応援します」

透き通るような声で答えた冬来の手が、蓮珠の手に重なる。蓮珠よりも窓に近い席に座る彼女は、差し込む光を受けていつも以上に美しく輝いていた。

もっと、この人に近づきたい。威公主が強く『白姉様』に憧れる気持ちが、このとき初めて蓮珠にもわかった。

■ 四 ■

栄秋の港には、昨日の威国船の入港時と同じくらい多くの人々が、見送りにつめかけていた。普段は、都の中まで入る小型船に荷物を載せ替えるだけのわりと地味な港なのだが、到着時の人出を見てか、今日は屋台まで出ていて、人気観光地にでもなったかのような状態だった。初めて栄秋に船でたどり着いた者以外には、あまり利用する者のない楼観も昨日に続く入場制限を必要とする混みようだ。

楼観の客人たちの目当ては、地上では幕に阻まれて見えない皇族のお姿にある。かなり遠巻きではあるが、皇帝と皇后だけでなく、飛燕宮夫妻に、白鷺宮、雲鶴宮までそろっていた。かつ、船の到着時と違って、誰もぐったりしてない。麗しい立ち姿に、霞んで見えない白龍河の対岸にまで届きそうなほどの歓声が港を満たしていた。

一方、国賓見送りの皇族の方々は、つい先ほどまで蒼妃を宥めていた。威国に帰らない、もうしばらく相国に残ると言ってきかなかったからだ。

港まで来て、急に里心がついたというわけでは別にない。雲鶴宮の異国船一隻お買い上げによって威国に帰る船が一隻に減ったことで、積みきれない本が相国に残されることになったからだ。最新刊を仕入れることにこだわり、船に積み込むのが最後になってしまったことが蒼妃の敗因だった。

「元都に着いたら、すぐ手紙を書いて送るから、手紙を持たせた者に今回積めなかった本を持たせて送り返してね」

本好きの気持ちに寄り添う皇后の様々な提案により、ようやく嘆きをおさめた蒼妃が、強く強く念押しする。

「親書を運ぶ外交特使を私的にお使いになるのは、いかがなものですかね。姉上？」

白鷺宮の呆れ声にも、蒼妃は屈しない。

「蒼太子の許可はいただいたもの。まったく問題なし！」

『あれだけあの手この手で一緒に帰らねぇって脅せばな』

張折が威国語で呟く。

「通訳は、通訳に徹していただけるかしら？」

「威国語にご堪能になられたようで、元臣下として大変喜ばしく存じます」

身分が高い人ほど、その笑顔を攻撃の道具にできるのだということを、蓮珠は身代わりの身をもって知った。目が笑ってない程度はいくらでも見たことがあったが、本当に目元も口角もちゃんと笑みを浮かべていても、怖いだけの笑顔がある。今目の前で繰り広げられている笑顔の応酬のように。

大人げない大人二人の間に入ったのは。子どもげない子どもだった。

「これ以上なんの不満があるって言うのです、姉上？　蒼太子様と南海経由で、のんびりと仲良くお帰りになるのでしょう？」

年相応に子どもらしい発言かと一瞬思ったが、それに続いたのは商人のような言葉だった。

「行きと同じく北回りなら、本を積んで送ってさしあげても良かったんですけど、南回りでお帰りになるって言われたら、僕も今は長くは都を離れられない身ですので、申し訳ないですけど船はお出しできません。……せっかくの船を使えず残念ですが」

北回りなら、送っていくついでに想いを寄せている藍玉の集落に挨拶に行けるという計画があったらしい。本人が言うように皇族としての仕事を少しずつ任されるようになってきた明賢は、気軽に都を離れるわけにいかなくなった。そこで国賓の見送りという大義名分に期待していたらしいのだが、仲睦まじい姉夫婦は帰路にゆっくり時間をかける航路を選択したので、当てが外れた。

「恋は少年を男にするのね。可愛かった明々《めいめい》がすっかり反抗期。……というより、国家財の私的利用を咎めるなら、他国に嫁いだ私より自国の明々が先じゃないの？」

蒼妃がチロッと弟帝の顔を見る。

「いや、あの船は、完全に明賢の私財だ。北航路以外使わないと言われても、それをどうこう言う権利は国にない」

翔央が玉座を預かる者として、律令の厳守を口にする。

明賢は雲鶴宮の予算で船を購入したわけではなく、郭明賢個人の蓄財（本人曰く交易品へのちょっとした投資による利益）を出して船を購入した。当面は、西堺商人に貸し出して、再び蓄財に勤しむらしい。

「姉上が最後に見た明賢は、まだ三歳ぐらいだったんだ。このぐらい成長していてもなんら不思議ではない」

叡明が言い切ったが、蓮珠は首を傾げるよりない。それは、蒼妃も同じらしく、明賢を撫でまわしながら小さく唸っていた。

「なんか良くない方向に育っている気しかしないんだけど……？」

蒼妃は、多少破天荒なところもあるが、感覚的には相国庶民の感覚に近いようだ。

「まあ、でも会わない間も、ちゃんと生きて成長しているだけいいか」

いや、威国に染まり、感覚が相国基準から遠ざかりつつあるかもしれない。

「四年半、威国にいたわ。敵も味方もよく死ぬの、あの国は。わずか数日前に一緒に食事した人が、草原の小さな塚の下で永眠なんて何度もあった。それに比べたら、うちの兄弟は、まあまあ生き残っているほうだと思うのよ」

末弟を腕の中にぎゅうぎゅうに抱きしめながら、蒼妃はしみじみとそう口にする。

「……でも、私、そういうことに慣れたくないの」

そう告げた瞬間に彼女の脳裏をよぎったのは、手に入らないものを求めて鳴き続けるうちに、命をも失った鶯のことだっただろう。蒼妃の力強い視線が白鷺宮に向けられる。

「だから、しっかり鍛えなさいよ。もう武官じゃなくても、自分の身は自分で守れるようになりなさい。……それが人を守ることにもなるんだから。もう、これ以上傷なんて増やさないでよ。次に会うのが御陵とかになったら、掘り返して説教するからね」

「……はい、姉上。お言葉は肝に銘じます」

本当に短い会話だった。でも、眼帯のない左目はまっすぐに姉に向けられ、姉の目もまた弟を見ている。蒼妃の瞳に宿るものは、生き残った弟にもっと生きてほしいと願う祈りの光だった。お互いに口元に小さな笑みを浮かべる。その二人を見ている翔央もまた笑みを浮かべていた。この姉弟は、きっとこれでいいということなのだろう。

「そろそろ出港ね。いよいよとなると、やっぱり少し名残惜しくなるわ」

蒼妃は、兄夫婦、腕の中の末弟を順に見てから、最後に今では玉座の人となった弟と蓋頭を被ったままその傍らに立つ蓮珠にとびきりの笑顔を見せた。

「だから、次に会う時も、みんなそろって迎えに出てきてちょうだいね！」

この人のこういう笑顔は、身体の内側に力をくれる。蓮珠は蓋頭を被っていても通じるように、大きくうなずいた。

「……そうそう妹二人とは、別件でもお願いがあるのよ。次に会う時こそは、一緒に美味しいお酒を飲みましょう。二人の夜の時間をいただくから、ちゃんと空けといてね」

「約束しましょう」

冬来が従者の分として小さな声で応じたので、蓮珠はその分しっかりと返事した。

「そうですね。わたくしも約束いたします！」

女性陣の団結に、翔央が頬を引きつらせた。

「なんだろう、仲がいいねって単純に喜べない何かが含まれている気がするよ、この三人の言葉には」

「あら、私は大喜びよ。読み友な上に酒友にもなってくれるなんて……最強の妹だわ。ありがとう私の可愛い弟よ」

力強い姉の言葉に、ますます不安で微妙な表情になっていく翔央を置いて、蒼妃が船へと乗り込む。先に船に乗っていた蒼太子が手を差し伸べて支えた。二人は並び立つと、船上から港に集う人々に手を振る。その仲睦まじい様子に、港に歓声がひときわ大きく響いた。二人はその反応に、お互いに顔を見合わせて笑っている。

見つめ合う二人の間に遮る布はなく、人々はみんな、蒼太子と蒼妃を祝福する。ありのままの偽りのない姿で言祝がれる二人に、蓮珠はそれを少し、ほんの少しだけ、うらやましいな……と思った。

■ 五 ■

清明節が終わって、十日ほどが経った。玉兎宮の庭を彩る春の盛りの花々の隙間に、色濃い木の葉を見て、蓮珠は近づきつつある夏の気配を感じる。

紅玉は初夏の衣を仕立てるために、他の女官たちと側房にいる。正房に残った蓮珠は、机で手紙を書いていた。蒼妃からの手紙への返信だ。相国訪問のお礼と、また会える日まで手紙のやり取りをしましょうという内容のものだ。国家間のお付き合いで、女性が果たす役割は小さくない。政治と立場が介在して気安い関係が結びづらい男性陣の代わりに、私信という非公式なものであれ国同士の縁を結んでおくのも、皇后の仕事の一つだった。

あくまでも私的なお付き合いと言いつつ、お互いの国で耳に入った隣国にも知っておいてほしい出来事を手紙に書いて送る。

「夏になると風向きの影響で南西の海が荒れると申しますが、今年は例年より早いようで、大陸西側の貿易船で届くはずの果物が……」

「静かに書けませんか、皇后様」

言われて蓮珠は筆を止めた。顔を上げると、机の傍らに立つ玉香が器用なことに笑みを浮かべながら怒っていた。

「無理です。黙って書くと、頭の中の言葉で書いてしまうから、例のお役所の記録文書みたいになってしまいます」

声を出すことで、皇后になっている自分を認識し、結果として皇后の筆になるのだから、これをやめるわけにはいかないと首を横に振った蓮珠だったが、玉香からは「すでに遅い」と指摘されてしまう。

「いえ、お聞きしているかぎり、内容がすでにお役所の記録文書です。ご訪問のお礼の手紙なのに、どうして三行目にはもう季節風と船の話になっているんです？」

これはこれで理由があるのだ。

「お礼に続けて私的なこと書き始めると、どうしても陶蓮珠として本屋街にご一緒した話とか、手に入った新刊も送りますが今作大興奮ですよって感じの、もうただの小説読み仲間への手紙になってしまうんですよね……。なんか非公式外交の範囲を飛び出して、単なる友人への手紙ってことに」

今朝聞いた話では、冬来も蒼妃に手紙を送ることになったのだが、わずか数行で叡明と地方回りしていたときに見つけた相国の美味しい酒と料理の話になっていたそうで、内容がおじさんぽいと言われ、書き直しを言い渡されたそうだ。

「まったくお二人して、色気より食い気なんですから……」

「えっと、色気のなさは、もう魂に刻まれているようなものなので、お気になさらず」

色気がない……は、言われ慣れすぎて、もう何とも思わなくなっている。叱るならば、他の言葉を選んでいただこうという思いから、そう言った蓮珠だったが、玉香の声が冷気を帯びた。

「誰の話をしていらっしゃるんですか？　皇后様？」

蓮珠は、背を正して椅子に座りなおすと、自分に言い聞かせる勢いで繰り返した。

「はい、すみません。わたくしは、相国今上帝の皇后でございます」

これはこれで、皇后が側仕えに謝るなと玉香に言われるのだろうが、無自覚に染み出てくる『陶蓮珠』を抑え込まねばならない。

清明節は表に出る儀礼が少ない。だが、次に控える端午節には白龍河で舟遊びや競漕が行なわれる。皇帝と皇后はこれを野外で見物することになっている。皇后が人前に出る行事は、この先いくつもある。皇后の身代わりの出番も多い。

「わたくしは、相国今上帝の……」

「自己紹介の練習か？　なにやら楽しそうだな？」

声のしたほうを見れば、翔央が玉兎宮の正房の入り口から顔を覗かせていた。

「主上！　申し訳ございません、お渡りだというのに出迎えもせず……」

玉香と二人で、慌ててその場に跪礼する。

「特に先駆けを出していたわけではないから気にするな。……玉香がいるということは、書の時間であったか。どうだ、少しは書が面白くなってきたか？」

翔央は書画を好み、兄の飛燕宮とも夜を徹して語り合うほどであったが、そちらの方面に一切の興味がない兄帝の身代わりが常態化してからは、書画の話ができないことが、多少不満だと言っていた。

「いえ、その……いまだに読みやすい以上に字に必要なものが理解できず」

翔央には申し訳ないが、蓮珠には書の面白さはあまりわからない。書は官吏の必須教養である六芸の一つであるから、元官吏の蓮珠も叡明ほど極端に苦手ということはないのだが、面白いかと問われると、答えに窮する。蓮珠は多くの字を見て来て、そこに色んな感情を見て取ることができる。字は蓮珠にとって観察の対象だし、自分で書く場合は、とにかく官吏として誰にでも読みやすいことに重きを置いてきた。

「皇后様の筆には、やわらかさと色香が足りないというお話をしておりました」

玉香だけでなく、叡明にも張折にも同じようなことを言われた。蓮珠の字は記録文書には、とても向いている字なのだがと。

「字に色香って、いまだよくわかりません」

蓮珠は正直に言った。どうにも字に感情を見てしまうから、字そのものに込められているらしいやわらかさや色香のほうは感じ取れない。

「どれ、俺が一筆……」

翔央が筆置きに並んだ筆から細筆を手に取ると、蓮珠の手元の練習用の紙に蓮珠の名を綴った。

「こ、この曲線の筆運びに宿る美しさ、細く儚げでありながら、情の深さも匂わせる」

玉香が興奮気味に言うが、蓮珠の目にその字がわざと感情を抜いていることで、表面的な字としてしか映らなかった。

「翔央様、女性の字も書けるんですね」

蓮珠は、そっちのほうが感心した。自分より大きく力強い手が、これほどまで細く儚げな線を描くことが不思議でならない。

「多少な。でも、筆跡の種類は玉香や翠玉《すいぎょく》殿の足元にも及ばない」

笑って蓮珠の言葉に応じているのに、翔央の目は玉香を見ていた。察した玉香が静かに部屋を出ていく。

「姉上への手紙か？」

「はい。早く返さないと、本人が本を取りに来かねないので、すぐに返信をしなければと焦っております」

そう言いつつも机を立ち、翔央が飲むお茶の用意をする。翔央はまだ筆で遊んでいたいようだ。蓮珠が立った椅子に腰を下ろすと、筆を手にしては、机の上に広げていた練習用の紙になにかを書き付けている。

「筆跡といえば、最近叡明の字が書けるようになったぞ」

蓮珠は思わず眉を寄せた。

「アレを……ですか？」

蓮珠の頭の中に、叡明のミミズがのたくったような字が浮かぶ。筆の試し書きの線だと言われても全く違和感のない字。叡明は、多くの字を見てきた蓮珠の記憶上もっとも強烈な悪筆だ。字として見えないので、文章に伴う感情も読み取れない。蓮珠からすると、世にも不気味な『ただ墨で引かれた線の集合』でしかない。

「うむ。文意が取れるということは、なにかしら字として認識はできているのだから、特定の文章であれば、我々でも書けるんじゃないかという話で翠玉殿と盛り上がってな」

叡明の悪筆を読める人間は希少な存在で、翔央はその一人である。

「もしや、清明節が終わってお暇になったのですか？」

思わず政務の状況を問う。

「ああ。……俺と翠玉殿だけだが、な」

翔央が再び手元の紙に蓮珠の筆で何かを書き出す。その間にも彼の話は続き、とんでもないことを言い出した。

「それで二人して、これだけは完璧に叡明の字で書けるようになったんだ」

翔央は満足そうにうなずくと、蓮珠に手元の紙に綴った文章を見せてくれた。

この悪筆を、完璧に書くことに意味はあるのだろうか。蓮珠は、字に読みやすさを求めるので、二人のしていることに意義を見出せない。

「なんて書いてあるんです？　あ……でも、この文章全体の形は、たしかに見覚えのある叡明様の字ですね」

この形、どこで見たのだろう。でも、確実に知っている気がする。蓮珠は首を傾げて、文字に対する角度を変え、もう一度見る。その蓮珠のしぐさに、翔央が自慢げに答えを披露する。

「これは『あとは任せた』だ」

「あー！　それです、それです！　どうりで何度か見たことある文章だと……」

たしかに叡明の『あとは任せた』の文字は、最初に身代わりの話を出された席で見て以来、ありがたくないことに皇帝夫妻が皇城を勝手に抜けだすたびに何度か見ている。

「それにしても、これはすごいですね。文字にこめられた感情が見えない感じまで再現できていますよ。……これなら李洸様でもわからないのでは？」

蓮珠の賛美に、翔央が机の上に紙を置き直して、満足そうな顔をする。

「ん、たくさん書いた中でも、これは一番できがいいやつだ。蓮珠が再現できていると言うなら、叡明の字は極めたと言っても過言ではあるまい」

いや、『あとは任せた』限定で極めたは、どう考えても過言だろう。蓮珠は思ったが、『とーれんのツッコミ』がにじみ出ることはすまいと、言葉を飲み込んだ。

そんな蓮珠の顔を見て、翔央がボソッと小さな声で提案してきた。

「だから、ここはひとつ、試してみないか？」

「試す……と言いますと？」

自然と翔央の言葉を聞き取ろうと、少し顔を寄せる。

「これを置いて出かけよう。行き先は白渓《はくけい》がいいな。夫婦を誓った最初の清明節だ。多少遅れてでも、お前のご家族に挨拶と報告は必要だろう？」

さわやかに言う翔央に、蓮珠の心は飛び跳ねた。

　なんてことを言い出すんだろうか。本当はずっと、幼いころ失った故郷の白渓に行き、亡くなった父と母、兄の魂に祈りたかった。そんな気持ちを表には決して出すまいと気を付けていたはずだが、翔央にはわかっていたというのだろうか。蓮珠の心の中の大切な場所に座っている翔央と一緒に、両親の墓前に立てたら……それは、とても魅力的な誘いだった。だが、いまの蓮珠の立場で、都を離れるわけにはいかない。

あまりのことに言葉が出てこないまま、ぷるぷると首を振る蓮珠に、翔央が優しく力強い声でたたみ掛けてくる。

「身代わりなんだ、とことん本人たちを真似て、その心情を知ることは、今後も続くこの生活のためにも悪くないと思うぞ」

「ダメですよ！　そんなこと皇后様はなさいま……」

蓮珠は、言いかけて言葉を失う。そんなことを皇后様は、なさってきた。

「そういうことだ。これは、あの二人もやってきたことだ。だからいま、俺たちがここにこうして居るわけだからな」

翔央が悪事に誘い込む、悪い笑みで蓮珠の顔を覗き込んでくる。

「なあ、蓮珠。……誰かが誰かの代わりになるっていうのは、実のところこの程度の簡単なことなんだ」

翔央は叡明の字で綴った『あとは任せた』の紙をつまみ上げ、ひらひらと揺らす。

「なのに、代わりになることを意識すればするほどに、俺という誰にも代われない芯もまた意識されるんだ。不思議なもんだな」

彼は、手にしていた紙を指先ではじくと、机上に落とした。

「お前の前に立つ俺は、どうやっても叡明ではなく俺自身だ。きっとどれほど玉座に馴染んだとしても、それだけは変えようがない」

さらに顔を寄せながら、翔央は蓮珠の目の奥を覗き込んでくる。

「人は、見た目も言葉も心も、こうやって筆跡鑑定に使われる字でさえも、その気になればいくらだって偽れる。でも、だからこそ、俺はお前の前で、俺を偽ることはしない」

遮る布もないまま、いまの蓮珠はただの陶蓮珠として、ただの郭翔央と見つめ合っていた。国中に偽りの姿を見せ続ける自分たちの、偽ることのない姿がお互いの瞳の中に映っている。

「これは、契りとか誓いとか、そういう重いものではないんだ。ただ、お前の前にいる俺は、どんなとき、どんな場所でも俺でしかないというだけのことだ」

無意識のうちに「陶蓮珠」がにじみ出てしまうのを、ただひたすらに抑え込もうとしていた。皇后の顔をしなければならないと、何度も自分に言い聞かせて。

「わたしは……」

反論しなければと開いた口の端が、抑え込みようもなく上がってしまう。身代わりの重責に対して、なんて不謹慎で不誠実で怠慢で、……そして、とんでもなく魅力的な誘いなのだろうか。

「わたしは……、あなたの前にいるわたしは、まだちゃんと陶蓮珠でしょうか？」

口をついて出てきたのは、そんな疑問だった。冬来から言われた、『それが貴女に自身を殺させることにならないのであれば』と。強く皇后であろうとすることは、自分を殺すことになっていたのではないだろうか。

蓮珠の中のそんな不安を、翔央は軽やかに吹き飛ばす。

「……お前の場合は、俺の前じゃなくても遠慮がないままだからなぁ。ついでに言うと、俺の前でなら色気はあってもいいんだぞ。あと、可愛げは、ちゃんとあるから問題ない。他では今後ともしっかり隠しておいてくれ」

言われてみると、蓮珠はまだまだ蓮珠だった。遠慮がなくて、色気がなくて……。

「注文が多いですよ、翔央様は」

可愛げなくこんなことを言ってしまう、陶蓮珠のままだ。

「なに、偽らざる心というものだ」

そう言って笑う翔央に促されて、蓮珠は旅のしたくを始めた。

やがて、夜も明けやらぬ道を北へと向かう馬一頭。その馬上では、寄り添う二つの影が揺れていた。

なお、夜が明けてから、皇帝執務室の机の上で発見された書置きに、宮城の一部が大いに動揺することになるが、すでに馬上の影は都から遠く、彼らあずかり知らぬことだった。

双葉文庫

あ-60-06

後宮《こうきゅう》の花《はな》は偽《いつわ》りを紡《つむ》ぐ

2021年7月18日　第1刷発行

【著者】
天城智尋《あまぎちひろ》

【発行者】
島野浩二
【発行所】
株式会社双葉社
〒162-8540 東京都新宿区東五軒町3番28号
［電話］03-5261-4818（営業）　03-5261-4851（編集）
www.futabasha.co.jp（双葉社の書籍・コミックが買えます）
【印刷所】
中央精版印刷株式会社
【製本所】
中央精版印刷株式会社

【フォーマット・デザイン】
日下潤一

ISBN978-4-575-52484-0 C0193
Printed in Japan